시를 찾아 떠나다

시를 찾아 떠나다

나태주 엮고 씀

푸른길

메시지

사람에게는 누구나 꼭 해 보고 싶은 일이 있다. 시 쓰는 사람으로 살면서 좋아하는 시인의 시들을 모으고 감상문을 달아 한 권의 책으로 내보고 싶은 것. 이것도 실은 내가 꼭 해 보고 싶은 소원 가운데 하나였다.

동서고금을 가리지 않고 청소년 시절부터 내가 좋아했던 시들을 모았다. 그러나 이 책에는 현대 한국 시인들의 시는 한 편도 실리지 않았다. 따로 새로운 절차를 밟아 기회가 있기를 바란다. 또한 세계적으로 이름이 있는 여러 시인들의 시도 시인에 따라서는 실리지 않은 경우가 있다. 이것 또한 개인적 취향에 의한 것임을 밝힌다.

언제든 바람 불고 먼지 날리고 눈비 내리는 세상. 아름다운 시와 시인들에 관한 이 책을 읽으면서 가능한 범위 안에서 행복한 마음, 아름답고 고운 생각을 가졌으면 한다. 될수록 젊은이들의 손에 이 책이 들리기를 희망하며 어려운 시기에 선뜻 책을 내주는 푸른길의 김선기 사장과 글의 내용을 꼼꼼히 살펴준 김난 씨, 그리고 한시 분야를 교열해 준 허왕욱 박사에게 감사한다.

2012년 새봄

나태주

차례

제2부 **여름**

제3부 가을

제4부 **겨울**

제1부

봄

동방규

봄 같지 않은 봄

오랑캐 땅에 꽃이 피지 않으니
봄이 와도 통 봄 같지 않아요.
허리띠 저절로 헐거워진 것은요
몸매를 위해 그리한 것이 아니랍니다.

해마다 봄은 겨울을 이기고 오도록 되어 있다. 저마다 사람들은 봄에 대한 소망을 가슴에 품고 겨울을 산다. 모진 추위와 많은 눈의 터널을 통과해서 오기 마련인 봄. 어렵게 어렵게 찾아오는 봄.

그러나 봄이 왔다고 해도 세상은 여전히 을씨년스럽기만 하다. 으스스 춥고 먼지바람만 가득한 봄. 봄인가 하면 어느새 또 여름 날씨로 바뀌고 만다.

봄이 너무 짧다. 허무하다. 꿈결 속 같다. 하기는 언젠들 우리에게 봄다운 봄이 허락되었던가. 더구나 해마다 봄이 되면 무언가 커다란 일들이 터지곤 한다. 꽝! 나라 안의 일이든 밖의 일이든, 인간의 일이든 자연의 일이든 큰 변화가 있었던 것이 또 봄의 역사다. 봄이 올 때마다 큰일이 생기니 오히려 봄이 오는 것이 두려운 생각마저 없지 않다. 올봄엔 무슨 일이 있으려나!

이런 봄날에 떠오르는 말은 '춘래불사춘(春來不似春)', 바로 그 말이다. '봄이 왔지만 봄 같지 않은 봄'이라고? 1980년 봄 신군부가 정권을 장악해 가면서 시국이 꽁꽁 얼어붙었을 때 모 정치인 한 사람이 마산인가에 내려가 이 말로 당시의 정국과 자신의 심경을 밝혀 갑자기 세인들의 관심을 모았고 또 유명해진 말이다. 그건 그 시절만 그런 게 아니라 오늘날도 여전히 그렇다. 해마다 오는 봄이 정말로 봄 같지 않다. 꽃이 피어도 별로 반갑지가 않다. 이 말은 오래전 중국 사람이 쓴 「소군원(昭君怨)」이란 시에 들어 있는 한 구절.

옛 중국 한나라 원제(元帝) 시절, 변경을 자주 넘나드는 흉노족을 달래기 위해 흉노의 왕인 호한야 선우(呼韓邪單于)에게 궁중의 한 궁녀인 왕소군(王昭君)을 시집보낸 일이 있다고 한다. 한나라 궁중에는 궁녀가 많았을 텐데 왜 하필이면 왕소군이었을까? 다른 궁녀들은 궁중 화가 모연수(毛延壽)에게 돈을 주어 자기 얼굴을 예쁘게 그려 달라 그랬지만 유독 미모에 자신이 있던 왕소군만은 화가에게 돈을 주지 않아 얼굴을 밉게 그려 오랑캐 왕에게 시집가는 여자로 뽑혔다는 것이다.

그래서 왕소군은 억울하게 오랑캐 왕의 아내가 되었고 이런 사실을 뒤늦게 알게 된 왕은 궁중 화가를 잡아 목을 베었다는 얘기. 이건 뒷사람들이 만들어 낸 이야기일지도 모른다. 그러나 앞의 시에는 따뜻한 남쪽 땅 한나라 궁궐에서 살다가 북쪽 삭막한 오랑캐 땅에 가 살다 죽은 왕소군의 원망스런 마음이 잘 나타나 있다. 물론 시의 주인공은 왕소군 자신이다. 그러니까 시인이 왕소군에게로 감정 이입해서 쓴 글이다.

이 글은 때로 이백(李白)의 시로도 기록되고(조두현, 1976, 『한시의 이해 : 중국편』, 일지사), 『당음(唐音)』 같은 서적에는 동방규(東方虯)의 작품으로도 나온다. 아무래도 오래된 자료에 신빙성을 더 주어야 할 것이므로 동방규를 원작자로 보는 것이 옳을 듯하다. 『당음』은 원나라 시절 양사굉(楊士宏)이라는 사람이 당나라 사람들 시 작품을 시기별로 구분하여 편찬한 책. 이 책에는 「소군원」이란 이름의 작품이 다섯 편 나온다. 그런데 그 두 번째 시는 또 『고문진보(古文眞寶)』란 책에 이백의 작품으로 소개되기도 한다.

이러한 혼돈 가운데 동방규란 인물에 대한 정보는 매우 빈약한 형편이다. 약전(略傳)이나 시 작품이 그리 소상히 전하지 않기 때문이다. 다만 당나라 여황제 측천무후 치하에서 좌사(左史)라는 벼슬을 한 인물로만 알려져 있다.

앞의 시는 『오언 · 칠언 당음』(2003, 명문당)의 자료에서 다섯 번째로 나오는 작품이다. 그 원문은 다음과 같고, 나머지 시들을 번역하여 적어 보면 또 다음과 같다.

호지무화초(胡地無花草)/ 춘래불사춘(春來不似春)/
자연의대완(自然衣帶緩)/ 비시위요신(非是爲腰身)

— 동방규(東方虯), 「소군원(昭君怨) · 5」

한나라가 바야흐로 번성해서/ 대궐에는 장군도 많은데/ 어찌 하필 박명한 아녀자란 말인가?/ 괴로워라, 멀고 먼 화친 길.
(漢道方全盛/ 朝廷足武臣/ 何須薄命妾/ 辛苦事和親)

— 동방규(東方虯), 「소군원(昭君怨) · 1」

소군이 구슬 안장 떨치고/ 말에 오르니 고운 얼굴에 눈물이 주루룩/ 오늘은 한나라 궁녀 신분이지만/ 내일은 오랑캐 왕의 첩실이라네.
(昭君拂玉鞍/ 上馬啼紅頰 / 今日漢宮人/ 明朝胡地妾)

— 동방규(東方虯), 「소군원(昭君怨) · 2」

눈물 삼키고 궁궐을 작별하고/ 슬픔 머금고 흉노 땅으로 향하네./ 선우는 뛸 듯이 기뻐하는데/ 어찌 그 옛 모습 다시 볼 수 있으랴.
(掩淚辭丹鳳/ 含悲向白龍/ 單于浪驚喜/ 無復舊時容)

— 동방규(東方虯), 「소군원(昭君怨) · 3」

만 리 밖 멀고 먼 변방(邊方)의 성에/ 첩첩 산이라 가는 길 험난하네./ 머리 들어 하늘을 바라볼 뿐/ 어느 곳이 떠나온 장안(長安)이란 말인가.

(萬里邊城遠/ 千山行路難/ 擧頭惟見日/ 何處是長安)

— 동방규(東方虯), 「소군원(昭君怨) · 4」

홍랑

묏버들 가려 꺾어

묏버들 가려 꺾어 보내노라 임에게
주무시는 창밖에 심어 두고 보소서
밤비에 새잎 나거든 나인가도 여기소서.

조선조 선조 임금 때 함경도 홍원 땅에 홍랑(洪娘, 조선 선조 시대 기생, 함남 홍원 출생)이란 어여쁜 여인이 있었다 한다. 스물도 되지 않은 어린 나이의 관기(官妓)였는데, 당시 관기는 관에 예속된 신분이라 제멋대로 살 수가 없었다 한다.

그런데 홍랑은 외모만 예쁜 것이 아니라 마음이 더 예뻐 시를 알았고 인생이 무엇인가 하는 것을 알았다 한다. 그런 홍랑이 어느 날 서울에서 내려온 선비 한 사람을 만나게 되었다. 이름은 최경창(崔慶昌, 1539~1583). 나이는 34세. 백광훈(白光勳), 이달(李達)과 더불어 삼당시인(三唐詩人)으로 불리던 인물인데 북도평사(北道評事)란 벼슬로 경성(鏡城)에 내려왔던 것.

둘이는 만나 1년 동안 최경창의 막중에서 살며 사랑을 나누게 된다. 그러나 외지에서의 사랑은 언제나 뜬구름 같은 것. 1년 뒤 최경창은 다시 서울로 돌아가게 되고 둘이는 쌍성(雙城)의 함관령(咸關嶺)이란 곳에 이르러 이별을 하게 된다. 관기의 신분이라 더는 따라갈 수 없는 홍랑은 문득 시조 한 수를 짓고 그 시조를 산버들 한 가지와 함께 최경창에게 보낸다.

예부터 기생은 노류장화(路柳墻花)라 일러 왔다. 길가의 버들이요 담장 밑의 꽃이란 말. 그래서 뜻이 있는 남정네라면 누구나 가까이할 수 있는 여인네로 여겨 왔다. 홍랑은 이 글에서 자신을 버들에 비유하여 표현하고 있다. 그러나 그 버들은 그냥 버들이 아니고 가리고 가려서 꺾은 산버들이다.

그 버들을 사랑하는 사람의 손에 쥐여 준다는 것이다. 그러면서의 부탁은 그 버들을 당신이 잠을 자는 창밖에 심어 두고 보라는 것이다. 그러니까 자기 자신을 주고 싶은데 그럴 수 없는 입장이라 자신의 상징인 버들을 대신 주면서 그 버들을 침실 밖에 심어 두고 보아 달라는 것이다.

이 얼마나 애절한 부탁이요 사랑의 호소인가! 나아가 밤비에 새잎 나거든 그 버들 나인가 여겨 달라는 것은 더욱 목이 메는 대목이다. 인간의 사랑도 이 정도면 말릴 수 없는 사랑이 되고 말리라. 도대체 이런 시조를 사랑하는 여인으로부터 받고 최경창은 어떤 느낌이었을까? 이러한 막중한 이별의 슬픔 앞에 우리는 모두 두 무릎을 꿇을 수밖에 없는 노릇이다.

이러한 이별 뒤에 최경창은 서울로 돌아가 병을 얻어 앓게 되고 이 소식을 들은 홍랑은 7주야를 단신으로 걸어 최경창의 집에 다다라 병구완을 자청하고 나선다. 그러나 홍랑은 며칠을 그 집에 머물지 못하고 다시 이별을 하게 된다. 이유는 두 가지. 당시의 '양계(兩界)의 금(禁)' 이란 제도와 궁궐에 일어난 국상(명종 왕비인 인순왕후) 탓. 국경 지대인 평안도와 함경도 백성들은 도성 출입을 제한하는 것이 '양계의 금' 이었고 국상 기간 선비가 도성 안에서 기생을 만나는 것은 법으로 엄하게 금지되었던 것이다. 그 뒤, 홍랑은 임진왜란이 일어났을 때에 최경창의 시 원고를 등에 지고 피난을 가 후세에 최경창의 시가 세상에 남도록 하는 공을 세우게 된다.

나아가 최경창이 45세를 일기로 죽자 그의 묘소 옆에 초막을 짓고 3년 동안 시묘살이를 하기도 했다. 이런 연유로 최씨 문중에서도 홍랑의 순정을 인정하여 최경창의 묘소 아래에 홍랑의 묘소를 만들고 그의 후손들도 즐겨 '홍랑 할머니' 라 일컬어 오고 있다 한다. 한국의 시 역사 전체를 통틀어 홍랑의 이 시조 한 편보다 더 우렁차고 아름다운 절창이 어디 더 있을까 싶다! 홍랑을 위해 최경창이 지은 한시가 한 편 전하는데 이를 옮기면 다음과 같다. [어떤 자료에는 인용 한시의 두 번째 구 끝글자가 '환(還)' 으로 된 경우도 있으나 여기서는 김달진 편저를 참조, '지(遲)' 로 했다.]

넋 없이 서로 마주 보며 마음속 난초를 드립니다.
지금 하늘 끝 떠나시면 그 언제나 돌아오시려오?
부디 함관령의 옛 노래를 부르지 마시구려.
지금도 그 노래 들으면 눈물에 청산이 다 흐려진다오.

상간맥맥증유란(相看脈脈贈幽蘭)/ 차거천애기일지(此去天涯幾日遲)/
막창함관구시곡(莫唱咸關舊時曲)/ 지금운우암청산(只今雲雨暗青山)

— 최경창(崔慶昌), 「증별(贈別) · 2」

홍랑이야말로 애끓는 사랑시 한 편으로 우리나라 국문학사에서 영원히 지워지지 않는 별과 같은 사람이 되었다. 참으로 기적 같은 일이다. 이러한 홍랑의 시조를 맨 처음 알아봐 준 시조 시인이며 국문학자인 가람(嘉藍) 이병기(李秉岐) 선생. 가람은 1936년 1월 3일 서화 감식가인 위창(葦滄) 오세창(吳世昌)의 집을 방문, 그 집에 내려오는 서첩에서 홍랑의 시조를 보고 이렇게 발문을 써 남겼다. 이를 옮기면 다음과 같다.

이는 그 원가(原歌)가 번방곡(飜方曲)이라 한시(漢詩)보다도 낫게 되었다. 간곡(懇曲)하고 심절(深切)한 그 석별(惜別)의 뜻이 언사(言辭)에 넘친다. 종래(從來) 시가(詩歌)에도 증절류(贈折柳)와 같은 것이 없는 건 아니나 이건 그런 걸 그대로 답습(踏襲)한 것이 아니고 새로운 한 작품(作品)이다. 우수(優秀)한 것이다. 한 보배이다. 을해년 동(乙亥年 冬) 가람서(嘉藍書).

칼릴 지브란

결혼 생활

서로 사랑하시오. 그러나 사랑에 매이지는 마시오.
차라리 당신들 영혼 기슭 언저리에 출렁이는 바다를
한 채씩 놓아두시오.

서로의 잔을 채우되
어느 한쪽의 잔만을 마시지는 마시오.
서로 자기 가진 빵을 나누되
어느 한편의 빵만을 먹지는 마시오.

함께 노래하고 춤추며 즐거워하되
당신들 서로는 고독해야 할 것이오.
비록 하나의 음악을 울릴지라도 외로운 기타의 줄처럼.

서로의 가슴을 주시오.
그러나 간직하지는 마시오.
오로지 삶의 손길만이 당신들 가슴을 간직할 수 있다오.

함께 서 있으시오, 그러나
너무 가까이 서 있지는 마시오.
사원의 기둥들도 서로 떨어져 서 있는 것처럼 말이오…….
참나무, 사이프러스나무도 서로의 그늘 속에서는 자랄 수 없다오.

우선 칼릴 지브란(Khalil Gibran, 1883~1931)은 우리에게 『예언자』란 책의 저자로 알려져 있다. 일찍이 함석헌 선생의 번역으로 어눌하게 이 책을 읽었을 것이다. 그런 뒤로는 도막 글들이 나돌기도 했는데 앞의 글이 바로 그런 글이다.

그는 서아시아 지중해 동쪽 해안에 위치한 아랍 국가인 레바논에서 태어나고 성장하여 소년 시절 부모와 함께 미국으로 건너가 뉴욕에서 주로 활동했다. 48세 짧은 생애. 철학자, 화가, 소설가, 시인 등 여러 가지 이름으로 소개되고 있다. 생애의 대부분을 "예술 활동에만 전념하면서 인류의 평화와 화합, 레바논의 종교적 단합을 호소했다."라고 기록되고 있다. 영문으로 쓴 산문 시집 『예언자』, 아랍어로 쓴 소설 『부러진 날개』가 세계적으로 사랑받은 작품이다.

부드러운 어투로 말하고 있지만 화자는 지금 명령하는 입장에서 말하고 있다. 무언가를 우리에게 권고하고 있다. 그것은 '결혼 생활' 에 대한 지침이다. 대략 그 권고와 지침은 다섯 가지. '서로 사랑하라. 서로의 잔을 채우라. 함께 노래하고 춤추며 즐거워하라. 서로의 가슴을 주라. 함께 서 있으라.' 당연한 말씀이시다. 마치 결혼식의 주례사 같은 말씀이시다.

그러나 그 다음에 항목마다 각각 단서 조항이 따른다. 이번에는 '무엇 무엇을 하지 말라' 는 식의 충고와 금기 사항들이다. 그럴듯하고 멋들어지다는 생각이 든다. 그러나 오랫동안 결혼 생활을 유지해 본 사람들은 알겠지만 현실적으로 이렇게 되지 않는다는 데에 더욱 문제점이 있다. 때로는 짜증나고 지루하고 후회스러운 결혼 생활. 그러나 가족이란 이름으로 얽매이지 않고서는 하루라도 배겨 낼 수 없는 우리들의 고적과 나약함.

살아가다가 삶이 도무지 의미 없어 보이고 지루하다 싶은 날에는 이런 글이라도 찾아서 소리 내어 읽다 보면 마음속에 어여쁜 풀잎 새롭게 솟아나는 조그만 풀밭이라도 하나 생겨날지 모르는 일이겠다. 바야흐로 봄이다. 올해도 어렵사리 고통스럽게 봄은 우리들의 세상으로 돌아왔다. 그래도 봄이 되면 햇살이 따스해지고 꽃이 피고 새가 울고 젊은이들은 화사한 예복 차림으로 예식장에서 결혼식을 올리기도 할 것이다. 결혼을 하는 젊은이들에게 조그만 소리로 들려주고 싶은 말씀들이 이 시 속에는 들어 있다.

나짐 히크메트

진정한 여행

가장 훌륭한 시는 아직 씌어지지 않았다.
가장 아름다운 노래는 아직 불려지지 않았다.
최고의 날들은 아직 살지 않은 날들.
가장 넓은 바다는 아직 항해되지 않았고
가장 먼 여행은 아직 끝나지 않았다.

불멸의 춤은 아직 추어지지 않았으며
가장 빛나는 별은 아직 발견되지 않은 별.
무엇을 해야 할지 더 이상 알 수 없을 때
그때 비로소 진정한 무엇인가를 할 수 있다.
어느 길로 가야 할지 더 이상 알 수 없을 때
그때가 비로소 진정한 여행의 시작이다.

나짐 히크메트(Nazim Hikmet, 1902~1963)란 이름, 그렇게 낯익은 이름이 아니다. 그가 썼다는 「진정한 여행」이란 이 시도 별로 들어 보지 못한 시이다. 우선, 나짐 히크메트란 시인. 멀리 터키의 시인이다. 터키는 일찍부터 동서 문화의 교통 요지였던 나라. 그러므로 동서 문화를 아우르는 문화재가 아주 많은 나라. 한 번쯤 가 보고 싶은 나라.

시인은 일찍이 터키의 혁명적 서정 시인이자 극작가로 기록되고 있다. 모스크바 유학 시절 마야콥스키의 영향을 받아 귀국 후 공산당원이 되었다 한다. 그래서 이 시도 정치 운동을 하다가 감옥에 갇혀 있을 때 쓴 시라 한다. 시인치고서는 특별한 시인이지 싶다.

시인에게는 아주 많은 것들, 차라리 이 세상 모든 것들이 미완의 존재일 뿐이다. "가장 훌륭한 시, 가장 아름다운 노래, 최고의 날들, 가장 넓은 바다, 가장 먼 여행, 불멸의 춤, 가장 빛나는 별", 그 같은 것들이 아직 태어나지 않은 그 무엇이라고 말한다.

그래서 시인은 "무엇을 해야 할지 더 이상 알 수 없을 때", "어느 길로 가야 할지 더 이상 알 수 없을 때" 비로소 "진정한 여행"이 시작된다고 말한다. 하긴 그렇다. 이것도 하나의 희망이다. 이런 희망 없이 어찌 우리가 하루 한 시간인들 사람일 수 있을까? 인간은 희망을 먹고 사는 생명체.

인간은 그가 자유롭게 아무러한 구속도 없이 편안할 때는 마음의 눈이 자칫 어둡기 십상이다. 참으로 이상한 일이다. 시인처럼 감옥에 갇힌 사람이 되어 육신의 자유가 제한을 받아 마음이 깜깜해지고 아무런 앞날의 희망도 없이 사소한 눈길조차 두꺼운 벽에 막혀 버릴 때, 마음에 새로운 빛이 들어오고 이적지 한 번도 꿈꾸어 보지 못한 아름다운 아뜩한 세계를 감지해 내게 된다. 그러하다. 시인의 말처럼 우리의 진정한 참된 모든 여행은 모든 것이 막혀 버렸다고 생각할 때, 막막하게 무릎을 꿇을 때, 비로소 조그맣게 열리는 밀의(密意) 같은 건 아닐까…….

평생을 교직 생활을 하다가 물러나는 동료 교장이 정년 퇴임 식장에서 울먹이며 읽는 것을 듣고 처음 알았다. 정말로 그 친구는 정년 퇴임 이후 자기가 말한 대로 '진정한 여행'을 떠났을까, 궁금한 일이다.

작자 미상

인생의 비극은

인생의 비극은
목표에 도달하지 못한 것이 아니라
도달할 목표가 없는 데에 있습니다.

꿈을 실현하지 못한 채
죽는 것이 불행이 아니라
꿈을 갖지 않는 것이 불행입니다.

새로운 생각을 하지
못한 것이 불행이 아니라
새로운 생각을 해 보려고 하지 않을 때
이것이 불행입니다.

하늘에 있는 별에 이르지 못하는 것이
부끄러운 일이 아니라
도달해야 할 별이 없는 것이
부끄러운 일입니다.

결코 실패는 죄가 아니며
바로 목표가 없는 것이 죄악입니다.

학교 선생을 할 때, 아주 오래전의 일이다. 서울의 한 교육 기관을 방문한 일이 있다. 그 기관의 강당 한쪽 벽에 글이 한 편 걸려 있었는데 한 번도 읽어 본 일이 없는 글이었다. 그 아래에 글의 원문에 대한 설명이 있었다. 인도 델리 사원의 벽에 영문으로 작자 이름도 없이 쓰인 것인데 그걸 베껴다 번역해서 걸어 놓았노라는 사연이다.

놀라워라. 인도의 사원의 벽에 쓰인 글이라면 그것은 갈데없는 낙서다. 그런데 그 낙서를 정성껏 베껴다가 번역해서 다시 잘 써서 걸어 놓았단 말인가? 그러나 글을 읽어 보니 그게 아니었다. 낙서는 낙서지만 그 속에는 삶에 대한 깨달음과 충고와 교훈 같은 것이 들어 있었다.

나는 노트를 꺼내어 그 글을 베꼈다. 누군가 베낀 글을 내가 또 베낀 셈이다. 그렇다. 베낀 낙서를 또 베낀 것이다. 생각해 보면 웃음이 날 일이다. 그래 할 짓이 없어 낙서를 베끼고 또 베낀단 말인가. 그러나 진흙의 연못에서도 연꽃이 피어나는 것처럼 버려진 그 어떤 장소에서도 우리에게 충분히 도움이 되는 말씀은 있게 마련인 것이다.

지은이는 '인생의 비극' 과 '인생의 불행' 에 대해서 원인을 찾아 분명한 처방을 내리고 있다. 그것은 "목표에 도달하지 못한 것이 아니라/ 도달할 목표가 없는 데에" 있다고 일깨워 주고 있고, "꿈을 실현하지 못한 채/ 죽는 것이 불행이 아니라/ 꿈을 갖지 않는 것이 불행"이라고 말하고 있다. 그 이하에 대해서도 마찬가지다. 무엇보다도 우리 인생에서 중요한 것은 '도달해야 할 별' 을 갖는 일이다.

젊은 시절, 해야 할 일은 많고 돈을 쓸 곳도 많은데 돈은 궁하고 시간도 부족하고 건강조차 시원찮을 때, 나는 『명심보감』에 나오는 '빈이무첨(貧

而無諂)하고 부이무교(富而無驕)하라' 는 말씀을 입에 달고 다니며 살았다. 더불어 이런 글도 가끔은 중얼거리면서 살았다.

"하늘에 있는 별에 이르지 못하는 것이/ 부끄러운 일이 아니라/ 도달해야 할 별이 없는 것이/ 부끄러운 일입니다." 얼마나 고마운 말씀인가. 이름도 얼굴도 모르는 지구 저편의 한 사람에게 감사하는 마음이다. 이런 사람이 진짜로 내 인생의 '그루(스승)' 였다.

알렉산드르 푸시킨

삶이 그대를 속일지라도

삶이 그대를 속일지라도
슬퍼하거나 노하지 말라!
설움의 날을 참고 견디면
머잖아 기쁨의 날이 오리니.

마음은 언제나 내일을 꿈꾸고
오늘은 우울하고 슬픈 것!
모든 것들은 한순간에 지나가고
지나간 것들은 또다시 그리워지나니.

언제부터 이 시가 우리들 눈에 들어왔는지 모른다. 시골 이발소나 다방 벽에 조잡한 페인트 그림과 함께 쓰여 있던 글이 바로 이 글이다. 더러는 갓 결혼한 신혼부부에게 선물로 사다 주는 액자 가운데도 이 글은 들어 있었다. “삶이 그대를 속일지라도/ 슬퍼하거나 노하지 말라!” 그 뜻도 내용도 잘 알지 못하면서 어린 우리는 그만 이 글을 외워 버리고 말았다. 그래서 삶의 한 지침 같은 것이 되었고 좌우명처럼 되어 버렸다.

그래, “설움의 날을 참고 견디면/ 머잖아 기쁨의 날이” 온다고 그랬지? 진정 그것이 그렇다면 조금쯤 힘겨운 일이 있더라도 참고 견딜 수밖에 없는 일이 아닌가! 어느새 우리는 한 사람씩 푸시킨의 유순한 제자가 되어 버렸다. 어떤 시가 이 시보다 더 우리 인생에 커다란 영향을 준 작품이 또 있을까 보냐.

알렉산드르 푸시킨(Aleksandr Sergeevich Pushkin, 1799~1837)이 제정 러시아의 귀족 출신으로 소설가였으며 희곡 작가였고 국민 시인이었다는 걸 알게 된 것은 훨씬 뒤의 일이다. 더구나 그가 젊은 시절 우리가 재미있게 보았던 영화 「대위의 딸」의 원작자란 것을 알게 된 것은 더욱 뒷날의 일이다.

지금도 러시아 사람들은 푸슈킨이라고 하면 껌뻑하고 넘어간다고 한다. 소설가이며 시인인 윤후명 씨로부터 들은 이야긴데 러시아 여행길, 모스크바 공항에서 소지품 검사 도중 가방 속에서 시집이 나오자 이게 무어냐고 세관원이 묻기에 자기가 쓴 시집이라고 대답했더니 사뭇 감탄하는 표정이 되어 그 시집을 높이 쳐들고 러시아 말로 “여기 시인이 있다”라고 외치더라는 것이었다. 그만큼 러시아 사람들은 시인을 존경하고 높이 여기는데 이 모든 원인이 푸시킨에 있다는 얘기였다.

푸시킨. 그는 생애도 자신의 소설처럼 다이내믹하고 굴곡이 있는 삶을 살았다. 특히 생애의 끝부분이 더욱 그렇다. 자신의 아내(나탈랴)를 짝사랑하는 프랑스 망명 귀족 단테스와의 결투에서 부상을 입고 38세의 나이로 세상을 떠났다. 그의 작품들은 '러시아 문학사상 최초의 리얼리즘의 달성을 보여 준 작품으로 당시 러시아의 사회적 특질을 남김없이 그려 냈다' 는 평가를 받고 있다.

러시아인들은 그 어떤 작가나 예술가보다도 유독 푸시킨을 사랑해서 전국에 푸시킨 기념관을 22개나 세워 푸시킨의 문학적 업적을 기리고 있다고 한다. 그뿐만 아니라 그의 기념상은 부지기수라서 그 숫자를 정확히 대는 사람이 없을 정도라 한다. 작가도 대단하지만 작가를 사랑하는 러시아인들의 열정도 대단하다고 볼 수 있겠다.

푸시킨에 대한 경모는 러시아뿐만 아니라 옛 소련 땅에 있는 공화국마다 대단하여 각각 그 수도에는 반드시 푸시킨의 동상이 있고 작은 도시 소재지마다 반신상이 있다고 한다. 이 같은 기념관이나 기념상 외에도 푸시킨의 이름이 붙은 학교나 거리나 광장이 반드시 있고, 전국 2만 개의 중등학교에는 푸시킨 코너가 설치되어 있다고 하니 그저 놀랍기만 한 노릇이다.

노문학자 최선 교수가 번역한 시의 원문(『삶이 그대를 속일지라도』, 민음사)을 옮기면 다음과 같다.

삶이 그대를 속일지라도/ 슬퍼하거나 노하지 말라!/ 우울한 날들을 견디면

/ 믿으라, 기쁨의 날이 오리니// 마음은 미래에 사는 것/ 현재는 슬픈 것/ 모든 것은 순간적인 것, 지나가는 것이니/ 그리고 지나가는 것은 훗날 소중하게 되리니

프랑시스 잠

그것은 무서운 일입니다

그것은 무서운 일입니다. 불쌍한 송아지,
조금 전 막 도살장으로 끌려가면서 한참 동안 발버둥 친 일.

이 조그만 외로운 마을의 벽에서 떨어지는
빗방울을 송아지는 핥으려고 애를 쓰고 있었습니다.

아, 하느님! 동백나무 우거진 이 길의 길동무였던 그 송아지는
그렇게도 정다운 그렇게도 착한 얼굴을 하고 있었습니다.

아, 하느님! 견줄 데 없이 자애로우신 당신께서
제발 한 번만 말씀해 주셨으면 합니다.
우리들은 모두 용서받아야 한다는 것을.

그리고 언제나 그 금빛 찬란한 하늘나라에 가면,
거기서는 귀여운 송아지가 죽임을 당하는 일이 없고,
우리들이 보다 더 선량해져서
그들의 작은 뿔에 우리들의 꽃을 장식하며 놀 것이라는 것을.

아, 하느님! 제발 송아지가 머리에 칼을 받을 때
너무 심한 고통을 받지 않도록 해 주십시오.

생각해 보면 인간처럼 잔인한 존재는 없다. 인간의 생명 유지조차도 다른 생명체의 희생과 제례 위에 놓인 모래성 같은 것이다. 아무리 채식주의자라 한다 한들 인간은 다른 생명체를 음식으로 먹어야 한다. 그러므로 인간은 다른 생명체를 음식으로 취하고 나서 나쁜 생각을 하거나 나쁜 일을 해서는 안 된다. 다른 생명체의 마음을 아프게 해서도 안 된다. 오로지 좋은 일을 꿈꾸어야 하고 아름다운 세상을 만들도록 애써야 한다.

이런 생각을 할 때 문득 떠오르는 시인이 바로 프랑스의 시인 프랑시스 잠(Francis Jammes, 1868~1938)이다. 그는 '상징파의 후기를 장식한 신고전파 시인으로 프랑스 투르네 출신인데 앙드레 지드(André Gide)와의 북아프리카 알제리 여행과 약간의 파리 생활을 제외하고는 일생의 거의 전부를 자연 속에 파묻혀 자연의 풍물을 종교적 애정을 가지고 평명(平明)한 가락으로 노래한 시인'이라고 설명되는 시인이다. 그의 시는 상징주의 시의 대명사인 스테판 말라르메(Stéphane Mallarmé)와 영혼의 소설가 앙드레 지드의 지지를 받았으며, 특히 지드와는 평생의 벗으로서 그와의 왕복 서한은 문학적으로 높은 평가를 받고 있다. 주요 시집으로 『새벽종으로부터 저녁종까지』, 『프리물라의 슬픔』, 『하늘의 빈터』 등이 있고, 아름다운 목가적인 소설에 『클라라 델레뵈즈』가 있으며, 종교적인 작품을 집대성한 『그리스도교의 농목시(農牧詩)』 등이 있다.

프랑시스 잠은 그 이름조차도 참으로 사랑스럽고 식물성적이고 고요한 느낌을 준다. 시 읽는 사람들은 윤동주의 「별 헤는 밤」이나 백석의 「흰 바람벽이 있어」 같은 작품에서 일찍이 그 이름을 접했을 것이다. 그만큼 우리 한국인에게는 친숙한 시인이다. 앞의 시 「그것은 무서운 일입니다」라는 시는 지금 도살장으로 끌려가는 송아지를 위해서 쓴 '조사(弔詞)' 와 같은 시이다. 오로지 인간의 눈으로 동물의 세상을 바라본 것이 아니라, 인간이면서 송아지의 처지를 충분히 고려하는 사람으로서 쓴 시이다. 이 시에서 우리가 느끼는 마음은 약한 것, 조그마한 것, 어린 것을 안쓰럽게 생각하는 마음이다. 기독교적 입장에서 본다면 '긍휼히 여김' 이요, 유교적 입장에서 본다면 측은지심(惻隱之心), 즉 어진 마음[仁]이다. 예수님과 공자님이 한 번도 만나 본 일이 없건만 이런 데에서 자연스럽게 만나 마음으로 손을 잡고 있음을 본다.

그러하다. 어진 마음, 긍휼히 여기는 마음은 세상에서 가장 고귀한 마음이다. 그것이 바로 가난한 마음이다. 타인의 세상으로 열린 한없이 부드럽고 밝고 환한 창문. 나보다 약한 사람, 낮은 사람, 가난한 사람, 추운 사람을 보면 짠한 마음이 드는 그 마음! 그런 마음을 지닌 사람들에 의해서 그래도 세상은 한꺼번에 망하지 않고 유지되는 게 아닌가 싶다.

시인이 꿈꾸는 바와 같이 "우리들이 보다 더 선량해져서/ 그들의 작은 뿔에 우리들의 꽃을 장식하며" 노는 세상은 이미 이 세상이 아니고 천국의 세상이다. 그러기에 시인은 한숨 쉬면서 세상에서의 마지막 송아지의 삶을 신에게 부탁한다. "아, 하느님! 제발 송아지가 머리에 칼을 받을 때/ 너무 심한 고통을 받지 않도록 해 주십시오." 그러고 보면 우리들 살아 있는 목숨 자체가 너무나 황송한 노릇이다. 하루하루, 아니 한 시간 한 시간을 정신 차려 아름다운 마음으로 살아가야 할 이유가 여기에도 있다.

월리엄 예이츠

술 노래

술은 입으로 들어오고
사랑은 눈으로 들어온다네.
우리가 나이 들어 세상 뜨기 전
알아야 할 진실은 다만 이것뿐.
나는 술잔에 내 입술을 적시며
그대를 바라보며 한숨을 짓네.

윌리엄 예이츠(William Butler Yeats, 1865~1939)의 조국 아일랜드는 영국의 동쪽 대서양에 위치한 섬나라. 우리나라의 3분의 1 정도인 땅에 해양성 기후로 여름엔 시원하고 겨울엔 온화한 날씨라서 사철 푸른 풍광을 볼 수 있는 나라이다. 그래서 '에메랄드 섬' 이라고 불리기도 한다고 한다. 그 나라에 일찍이 태어나서 노벨문학상의 영광을 조국에 안겨준 시인이 바로 예이츠이다. 개인적으로나 국가적으로 영광스러운 시인이라 할 것이다.

우리나라 사람들, 그 가운데서도 문학하는 사람들은 노벨문학상이라고 하면 껌벅! 하고 넘어가는 구석이 있고 마음 한구석 애달픔을 지니고 있는 것이 일반적 경향이다. 노벨상. 그중에서도 문학상. 과연 노벨문학상이 무엇이기에 그토록 한사코 목을 매는 것일까? 노벨문학상은 문학적 성취뿐만 아니라 외교적 성과, 내지는 국력의 척도처럼 평가되기도 하고 번역의 문제가 중요하다고들 말하기도 한다. 그래서 이 노벨문학상을 앞에 두고 은근히 국가적 · 민족적 열등감 같은 것을 갖기도 하는데 내 생각에는 그럴 필요가 별로 없다고 본다.

애당초 문학이란 것이, 또 예술이란 것이 상대적 평가의 대상이 아니요 그 자체로서 가치를 인정해야만 하는 목적적이고 본질적인 영역의 인간 정신의 행위요 실적이기에 그러하다. 조금쯤은 '까짓거' 하면서 의연할 필요가 있다. 문단의 대가들이라고 하는 어른들까지 나서서 허방다리 춤을 추는 모습은 후학들 보기에 매우 민망한 노릇이요, 실상 이런 것들이 언론의 잔재주에서 나온 신기루 같은 것이기에 더욱 그러하다. 적어도 문학을 필생의 정신과 영혼의 과제로 삼는 문학인이라면 그렇다는 얘기다.

노벨문학상이야 어쨌든 예이츠는 아름다운 시인이다. 사랑스런 시인이다. 예이츠 하면 우선 우리는 「이니스프리 호도(湖島)」란 시를 떠올린다. "나 일어나 이제 가리, 이니스프리로 가리./ 거기 나뭇가지 엮어 진흙 바른 작은 오두막 짓고/ 아홉 이랑 콩밭과 꿀벌통 하나/ 벌들이 윙윙대는 숲속에 나 혼자 살으리." 부드러운 호흡으로 시작하는 말씀의 흐름은 아름다운 심상(心象)의 풍경화를 보여 준다. 동양적인 은일(隱逸)과 전원 회귀 같은 정서를 느끼기도 한다. 혹자는 우리나라의 유명한 어떤 시인의 시가 이 시를 두고 표절했다는 말을 하기도 한다. 이 또한 지극히 사대주의적 사고에서 출발한 자기 인식이라고 본다.

나아가 사람들은 「하늘의 옷감」 같은 시를 읽으면서 얼핏 김소월의 「진달래꽃」을 대비시켜 역시 우리의 시가 예이츠의 시를 슬그머니 베낀 것이라고 말하고 싶을지도 모른다. 그러나 이 또한 우스꽝스런 열등의식의 한 발로라고 본다. 정말로 '해 아래서의 새것'이 어디 있단 말인가. 조금쯤은 닮아 있지만 그 근본과 발화에 있어서는 판이하게 다른 것이 이 세상 만물의 형상이다. 그렇다면 다시 한 번 두 편의 시를 나란히 놓고 찬찬히 읽어 보기를 권한다.

예이츠의 시로서 두 편의 시도 좋겠지만 나는 단연 앞에 인용한 「술 노래」를 들고 싶다. 이 시에는 지긋한 인생의 반성이 있고 회한이 있고 또 나름대로 남아 있는 희망이 있다. 아직은 충분히 궤도 수정이 가능한 자의 의지 같은 것도 보인다. "술은 입으로 들어오고/ 사랑은 눈으로 들어온다네." 상당히 진행된 인생의 뒷자락을 돌아보면서 앞으로 다가올 새로운 날들을 바라보는 자의 여유 같은 것이 보인다. 지극히 경험적이고 현실적인 삶의 철학이 있고 인생에 대한 확신이 숨 쉬고 있다. “나는 술잔에 내 입술을 적시며/ 그대를 바라보며 한숨을 짓네.” 이보다 더 아름다우면서도 슬픈 사랑의 고백이 어디 또 있겠는가! 아, 인생이란 이러지도 저러지도 못하는 참으로 안타까운 한마당 꿈과 같구나.

설도

봄날의 꿈

꽃이 펴도 함께 볼 사람 없고
꽃이 져도 함께 볼 사람 없는 봄.
묻고 싶어요, 그대 어디쯤 계시는지요?
꽃이 피고 또 지기도 하는 날에.

풀을 따서 한마음으로 엮어
내 마음 아는 그대에게 보내려고 합니다.
봄의 시름 이를 물고 끊으려 했건만
어디선가 다시금 새가 슬피 웁니다.

꽃잎은 날로 바람에 시들어 가고
그대 만날 날은 아득히 멀기만 해요.
그대 마음과 내 마음 맺지 못하고
부질없이 풀잎만 묶어 봅니다.

견딜 수 있을까요, 꽃가지 가득한 꽃잎.
안타까워라 그대 생각하는 마음이여.
눈물이 주르르 거울 앞에 떨어지는 아침
그대는 아시는지, 모르시는지요…….

모처럼 후배들의 시 모임에 나가 보았더니 한 여성 시인이 중국 여행을 다녀왔다면서 중국의 시인 설도(薛濤, 770~832)에 대한 이야기를 해 주었다. 그 여성 시인이 다녀온 곳은 중국 남부인 쓰촨성(四川省)의 청두시(成都市). 그곳에는 진장(錦江)이란 강이 있고 그 주변에는 왕장러우공원(望江樓公園)이 있는데 그 공원에는 150종이나 되는 대나무가 심어져 있으며 망강루란 건물이 따로 지어져 있고 그 옆에 설도란 여성 시인이 물을 길었다는 설도정(薛濤井)이란 우물이 있으며 또 동상도 세워져 있고 만나는 사람마다 설도란 여성 시인의 애달픈 사랑 이야기를 해 주더라는 것이었다.

그러면서 그 설도는 우리나라의 황진이쯤에 비견되는 시인으로 황진이보다 격이 높은 시를 썼다는 말을 해 주었다. 나는 은근히 부아가 솟았다. 그야 제 나라 글자인 한자로 쓰는 시니까 그럴 것이 아니겠느냐 말했고 황진이는 우리말로 쓴 시조가 더 일품이라고 항변해 주었다. 그런데 우리가 잘 아는 가곡 가운데 하나인 「동심초」란 노래가 바로 그 설도란 시인이 쓴 한시인데 안서(岸曙) 김억(金億)이 번역한 작품이라는 것이었다. 어디선가 아슴아슴 들은 바 있기는 한데 '설도'란 이름이 잘 생각나지 않는다. 나의 기억으로는 신사임당이 「동심초」의 원작자로 되어 있다.

집에 돌아와 가곡집을 들쳐 보았다. '신사임당 작사, 김안서 역사, 김성태 작곡'으로 되어 있었다. 실은 그동안의 기록(악보)이 잘못되어 있었던 것이다. 어쩌면 이런 실수가 다 있었을까? 처음 이 시가 한글로 소개된 것은 1943년 김안서가 번역한 번안 시집 『동심초』(조선출판사)에 의해서였다[김안서는 김소월의 은사로 오산학교 교사였으며 일찍이 『오뇌의 무도』(1921, 광익서관)란 이름으로 서구 시를 번역 출판한 이 방면의 선구자이다]. 그런데 김안서가 번역한 이 시는 설도란 중국 여성 시인의 오언율시로 된 「춘망사(春望詞)」 가운데 세 번째 수만 따로 떼어서 번역한 작품이었다.

"꽃잎은 하염없이 바람에 지고/ 만날 날은 아득타 기약이 없네/ 무어라 맘과 맘은 맺지 못하고/ 한갓되이 풀잎만 맺으려는고." 이것이 번역시의 전문이다. 그런데 작곡자 김성태가 작곡 과정에서 첨부해 넣은 것이 오늘날 노래의 2절이다. "바람에 꽃이 지니 세월도 덧없어/ 만날 날은 뜬구름 기약이 없네/ 무어라 맘과 맘은 맺지 못하고/ 한갓되이 풀잎만 맺으려는고." 이 노랫말 가운데에서 백미는 아무래도 뒷부분 "무어라 맘과 맘은 맺지 못하고/ 한갓되이 풀잎만 맺으려는고."일 것이다. 마음이 벅차오르면서 아프면서 미어지는 듯한 감회를 주는 노랫말이다.

그렇다면 설도란 어떤 인물인가? 그동안 당시(唐詩)에 관한 책을 여러 권 읽어 보았지만 한 번도 그 이름을 들어 본 적이 없다. 하기는 우리나라나 중국이나 남성 중심 사회였던 과거의 한 시절이라면 당연한 귀결이었는지도 모르는 일이다. 어쨌든 설도는 중국 당나라 때 여성으로 어린 시절부터 시 쓰기에 재주가 있었으며 총명하고 인물이 뛰어났으나 일찍 부모를 여의고 고아가 되어 기녀가 된 사람이다. 그러나 이름난 문인 백거이(白居易)나 유우석(劉禹錫), 원진(元稹) 등과 시를 나누며 사귀어 문명을 날렸다.

설도는 시재(詩才)만 빼어난 것이 아니라 자신의 이미지 메이킹에도 탁월한 재능이 있었던 모양이다. 설도전(薛濤箋)이란 아주 특별한 종이를 창안해 내어 그 종이에 시를 적어 많은 남성 시인들에게 편지처럼 돌려 그들의 마음을 사로잡았으며 이것이 또 당시에 크게 유행하는 바 되었다고 한다. 설도전이란 한지에 선홍빛 물을 들인 종이를 말한다. 설도 자신이 연꽃과 맨드라미 꽃잎을 빻아 천연염료를 내어 그것으로 물들인 짙은 다홍빛 종이가 바로 설도전이란 종이이다.

특히 원진과의 로맨스가 전설적이다. 원진과 만난 것은 설도의 나이 40세, 원진은 오히려 10년 연하로 30세 때였다. 연상의 여인, 연하의 남자로 만난 셈인데 두 사람은 이미 이름이 알려진 시인이었고 선남선녀였기에 만나자마자 좋아하는 사이가 되었고 뜨겁게 사랑하게 되었다. 그러나 세상의 모든 인간의 사랑이 그러하듯이 그들의 사랑도 덧없이 짧게 부질없이 끝나게 된다. 좌천으로 지방에 내려와 있던 원진이 다시 중앙의 부름으로 성도를 떠나게 된 것. 떠나간 젊은 애인 원진을 두고 설도가 마음 아파하면서 기약 없는 만남의 날을 기다렸을 것은 뻔한 일. 여기서 바로 앞에 적은 시와 같은 절창이 나왔을 법하다.

당나라 때 두 남녀의 사랑도 사랑이려니와 오늘날 그것을 기억하고 기념할뿐더러 그런 이야기 자료들을 스토리텔링으로 살려 관광 자원으로 삼고 있는 중국이란 나라가 대단하단 생각이 든다. 그런데도 불구하고 중국 여인이 쓴 시를 우리나라 사람이 쓴 시로 알고 있었던 나 같은 한국 시인은 또 얼마나 한심한 인간이겠는가! 잠시 반성하는 마음을 가지면서 원시를 옮겨 보면 다음과 같다.

화개부동상(花開不同賞)/ 화락부동비(花落不同悲)/ 욕문상사처(欲問相思

處)/화개화락시(花開花落時)// 남결초동심(攬結草同心)/ 장이유지음(將以遺知音)/ 춘수정단절(春愁正斷絕)/ 춘조복애음(春鳥復哀吟)// 풍화일장로(風花日將老)/ 가기유묘묘(佳期猶渺渺)/ 불결동심인(不結同心人)/ 공결동심초(空結同心草)// 나감화만지(那堪花滿枝)/ 번작량상사(翻作兩想思)/ 옥저수조경(玉箸垂朝鏡)/ 춘풍지부지(春風知不知)

— 설도(薛濤), 「춘망사(春望詞)」

새뮤얼 울만

청춘

청춘이란 인생의 어떤 기간이 아니라
마음가짐을 말한다.
장밋빛 용모, 붉은 입술, 나긋나긋한 손발이 아니라
굳은 의지, 풍부한 상상력, 타오르는 열정을 가리킨다.
청춘이란 인생의 깊은 샘의 청신함을 말한다.

청춘이란 두려움을 물리치는 용기,
안이함을 따르고 싶은 마음을 뿌리치는 모험심을 의미한다.
때로는 20세 청년보다도 70세 노인에게 청춘이 있다.
나이를 더해 가는 것만으로 사람은 늙지 않는다.
이상을 잃어버릴 때 마음은 늙는다.

세월은 피부의 주름살을 늘려 주지만
열정을 잃으면 마음이 시든다.
고뇌, 공포, 실망에 의해서 기력은 땅에 떨어지고
정신은 먼지가 된다.

70세든 20세든 인간의 가슴에는
경이에 이끌리는 마음, 어린애 같은 미지에 대한 탐구심,
인생에 대한 흥미와 환희가 있다.

그대에게도 나에게도 마음의 눈에 보이지 않는 우체국이 있다.
인간과 하느님으로부터 아름다움, 희망, 기쁨, 용기,
힘의 영감을 받는 한 그대는 충분히 젊다.

영감이 끊기고, 정신이 아이러니의 눈에 덮이고,
비탄의 얼음에 갇혀 있을 때
20세라도 인간은 늙는다.
머리를 높이 치켜들고 희망의 물결을 붙잡는 한,
80세라도 그 사람은 청춘으로 살 수 있다.

새뮤얼 울만(Samuel Ullman, 1840~1924)은 독일에서 태어나 미국으로 이주하여 사업가, 인도주의자, 시인으로 활동한 인물이다. 그러나 어떤 자료에 의하면 유대교의 랍비(스승)였다는 것으로 보아 그가 유대인 출신이 아닌가 싶기도 하다.

흔히 그의 시편 「청춘(Youth)」을 명시라고들 소개하지만 생전에 그는 정식으로 시작 활동을 한 것은 또 아닌 듯하다. 다만 그의 시가 훗날 영향력 있는 한 사람에 의해 애송되고 그 사실이 또 알려짐으로 세상에 널리 퍼진 케이스다.

그러고 보면 시라는 것도 당대의 유명세나 독자층보다 후대의 사랑이 더욱 중요한 몫을 차지하는 것인지도 모르겠다. 어쨌든 글을 쓰는 사람으로서 시대를 건너뛰어 후대에 독자를 갖는다는 것은 매우 기쁜 일이고 소망스런 일이고 아름다운 일이다.

이 시가 세상에 알려진 것은 『리더스 다이제스트』란 잡지 1945년 12월호에 미국인 종군 기자 프레더릭 팔머란 사람이 쓴 "어떻게 젊게 살 것인가(How to stay young)"란 글에 의해서이다.

2차 대전이 끝나 갈 무렵, 팔머 기자는 필리핀 마닐라에 주둔해 있던 미극동군 총사령관 맥아더 장군을 찾아가 취재를 하던 중, 맥아더 장군의 책상 위에서 우연히 「청춘」이란 글을 보았다는 것.

기자는 맥아더로부터 그 글을 몇 년 전 누군가한테 선물 받았는데 내용이 좋아서 액자에 넣어 두고 매일같이 읽어 본다는 말을 듣는다. 이에 크게 감동한 기자는 그 내용을 글로 써서 잡지에 발표하였다는 것이다.

지은이가 시를 쓴 것이 78세 때라니까 1918년도에 쓰여진 작품이다.

그런데 세상에 알려진 것은 그로부터 27년 뒤의 일이다. 그것은 또 지은 이가 세상을 뜬 지 21년이나 지난 뒤의 일이다.

좋은 글이란 이렇게 세월의 강물을 건너 당대에만이 아니라 후대에 빛을 발하고 이름도 모를 후대인들의 삶에 더욱 영향을 주는 게 아닌가 싶은 생각일 때 옷깃이 절로 여며지는 바이다.

「청춘」이란 글은 굳이 설명이 필요한 내용이 아니다. 그냥 읽어 보면 편안하게 전달되는 글이다. 시적인 장치나 까다로운 표현 같은 것도 눈에 띄지 않는다. 앞의 글이 표현을 우선한 것이 아니라 내용을 우선한 글이기에 그렇다.

어쨌든 우리가 말하는 '청춘' 이란 것은 다만 연령이나 생애사의 그 어떤 한 기간이나 밖으로 드러난 그 무엇이 결코 아니고 어디까지나 '마음가짐' 을 말하는 것으로 '굳은 의지' 이며 '풍부한 상상력' 이며 '타오르는 열정' 이라는 것. 끝내 청춘은 '인생의 깊은 샘의 청신함' 이라는 것.

그리하여 "영감이 끊기고, 정신이 아이러니의 눈에 덮이고,/ 비탄의 얼음에 갇혀 있을 때" 그는 "20세라도" 늙은 인간을 면치 못하지만 "머리를 높이 치켜들고 희망의 물결을 붙잡는 한" "80세라도 그 사람은 청춘으로 살 수 있다"는 것이다. 어쩌면 이것은 거꾸로 보는 인생, 영원한 인생의 교훈 같은 것인지도 모르겠다.

이상은

봄이 까닭 없이 슬펐어요

여덟 살 때,
거울을 몰래 들여다보고
눈썹을 길게 그렸지요.

열 살 때,
나물 캐러 다니는 것이 좋았어요.
연꽃 수놓은 치마를 입고.

열두 살 때,
거문고를 배웠어요.
은갑(銀甲)을 손에서 놓지 않았지요.

열네 살 때,
곧잘 부모님 뒤에 숨었어요.
남자들이 왜 그런지 부끄러워서.

열다섯 살 때,
봄이 까닭 없이 슬펐어요.
그래서 그넷줄 잡은 채 얼굴 돌려 울었답니다.

나의 생일은 3월 17일이다. 개구리가 눈을 뜨고 만물이 소생한다는 좋은 계절, 봄이다. 그런데 나는 그 봄이 싫고 생일이 들어 있는 3월이 싫다. 까닭이 없는 게 아니다. 몸이 아프기 때문이다. 그렇다. 생일이 들어 있는 3월만 되면 미열이 오르고 오슬오슬 몸이 아프다. 감기 기운 몸살 기운 같은 거 같다 그럴까. 다시 내가 세상 밖으로 나가려고 그러는 게 아닌가, 하고 생각하곤 한다. 시인의 예민함이라면 이 또한 어쩔 수 없는 일이겠지만 말이다.

더구나 평생 일터였던 교직 생활에서도 이 3월은 참으로 어설픈, 을씨년스런 계절이었다. 가는 사람이 있고 오는 사람이 있다. 아이들과도 헤어짐이 있고 새로운 만남이 준비되어 있는 달이 3월이었다. 어린 시절 이래 나는 3월이 가장 넘기기 힘든 달이었다. 그래서 일단 3월만 잘 넘기면 1년은 또다시 잘 살겠거니 생각하기에 이르렀다.

이러한 3월에 문득 떠오르는 시 한 편이 있다. 그것은 저 중국 당나라 시절의 시인 이상은(李商隱, 812~858)의 시이다. 아, 옛날 사람, 그것도 중국 사람 가운데에도 이렇게 3월을 슬프게 생각한 사람이 있었구나. 그것은 하나의 발견이었고 조그만 위로였다.

이상은은 중국 당나라 말기인 만당(晩唐) 시절의 시인이다. 무성했던 당나라의 문물이 시들어 가기 시작하는 세기말적인 시대에 태어나 기성의 질서와 가치를 부정하고 자신의 의식 세계만을 중시하여 시를 쓴 표현주의 계열의 시인이다. 자는 의산(義山). 회주(懷州) 하내(河內) 출생. 어려서 영호초(令狐楚) 부자의 사랑을 받아 공부하고 진사과에 급제했으나 영호씨의 적인 왕무원(王茂元)의 사위가 되었기 때문에 옛날 은인의 미움을 사서 출세하지 못하고 미관말직으로 세월을 보냈다. 재사(才士)였으나 당쟁에 휩싸여 불행하게 산 인물이다.

이 시를 내가 처음 읽은 것은 신춘문예에 당선되던 해인 1971년도. 이원섭 선생이 번역한 『당시』(현암사)란 책에서였다. 볼일이 있어 아버지와 함께 전북 군산에 간 일이 있었는데 그때 군산서점에 가서 아버지가 선물로 사 주신 책이었다. 이 시는 시인의 장기인 연애시 가운데 한 편이다. 본래 시 제목은 '무제(無題)'. 한 소녀의 성장 과정을 따라가며 그 소녀의 생활상과 정서적 변화를 순차적으로 엮어 나갔다. 나열법은 평면적인 느낌을 벗지 못하는데 이를 교묘히 극복했다는 평을 받고 있다.

거울을 들여다보고 눈썹을 그리던 여덟 살. 연꽃 수놓은 치마를 입고 나물 캐러 다니던 열 살. 은갑(거문고 연주할 때 손끝에 끼우는 골무)을 끼고 거문고를 배우던 열두 살. 남정네들이 왠지 모르게 부끄러워 부모님 등 뒤에 숨곤 하던 열네 살. 그러나 압권은 마지막 열다섯 살 때이다. "봄이 까닭 없이 슬펐어요./ 그래서 그넷줄 잡은 채 얼굴 돌려 울었답니다."

제법 오래전(1999~2000년), MBC에서 방영한 '허준'이란 인기 드라마의 맨 마지막 장면에서 예진 아씨로 출연한 여배우(황수정)가 젊은 의녀와 대화하면서 들려준 시가 바로 이원섭 선생의 번역으로 된 앞의 시였다는 것을 기억하는 사람은 별로 많지 않을 것이다.

봄이 슬픈 데에 무슨 까닭이 있었겠는가? 그냥 슬프니까 슬픈 것이다. 봄이 슬픈 줄 알게 된다면 그는 이제 성인이 된 사람이요, 아름다운 인생을 살아갈 준비가 된 사람이리라. 나는 또다시 봄이 되어 별다른 이유도 없이 슬프다. 일이 손에 잡히지 않고 문득 눈물이 솟아나려고도 한다. 당신도 그건 그러신가? 그렇다면 우리는 봄을 맞을 준비가 되어 올 한 해도 아름답게 살아갈 자세가 된 것이다. 원시를 옮기면 다음과 같다.

> 팔세투조경(八世偷照鏡)/ 장미이능화(長眉已能畵)/ 십세거답청(十世去踏青)/ 부용작군차(芙蓉作裙衩)/ 십이학탄쟁(十二學彈箏)/ 은갑부증사(銀甲不曾卸)/ 십사장륙친(十四藏六親)/ 현지유미가(懸知猶未嫁)/ 십오읍춘풍(十五泣春風)/ 배면추천하(背面鞦韆下)
>
> — 이상은(李商隱), 「무제(無題)」

두보

봄날의 슬픔

나라는 망했어도 산과 강물은 여전하여
봄이 온 성터에는 풀과 나무 푸르르다.

세상이 어지러워 꽃을 보아도 눈물이 나고
이별이 한스러워 새소리에도 흠칠 놀란다.

전쟁이 끝이 없어 봉홧불 석 달째 끊이지 않고
집에서 보내 오는 편지는 황금보다 귀하다.

하얗게 세는 머리칼 빗을수록 짧아져
이제는 비녀 꽂기도 어렵게 되었네.

당나라는 이미 1,500년 전, 우리나라의 삼국 시대와 통일신라 시대에 중국 땅에 있었던 나라다. 고구려와 백제를 멸망시킨 나라가 또한 당나라다. 그런데 그 당나라의 문물이 빼어나 두고두고 중국의 모범이 되었다. 그뿐 아니라 당나라의 시가인 당시(唐詩)는 서정시로서 완미한 바가 있어 동서양을 막론하고 오랜 세월 수많은 독자를 거느렸고 후대의 수많은 시인들에게 영향을 주고 있다.

이러한 당시의 중심에 가장 우뚝 솟은 시인으로 흔히 이백, 두보, 왕유를 꼽는 데는 이론이 별로 없지 싶다. 이백은 지극히 활달하고 초탈한 멋이 있으며 낭만주의 성향이 짙어 시선(詩仙)이라 할 만하고, 왕유는 그윽하고 유현하고 불교적 · 도교적 분위기로 해서 시불(詩佛)이라 하기에 충분하며, 두보는 현실적인 삶에 밀착되어 있으면서 인간적인 고뇌를 깊이 있게 천착하여 시성(詩聖)이라고 불릴 만한 시인이다.

두보(杜甫, 712~770)는 말 그대로 중국 최대의 시인이다. 자는 자미(子美). 호는 소릉(少陵). 특히 장시 형태의 율시에 능하여 그 방면에 우수한 작품이 많은데 여기에 보인 시 「춘망(春望)」은 비록 길지 않은 시지만 대시인 두보의 진면목을 드러내는 데 부족함이 없는 명편이다.

두보는 평생을 높은 벼슬이 아닌 미관말직[工部員外郎]으로 빈한하게 살았으며 그 시대 또한 혼란기였으므로 고달픈 삶의 역정을 살았다. 이 시에 바로 이러한 두보의 형편이 잘 반영되어 있다고 보여진다.

시를 쓴 것은 시인의 나이 46세 때. 요즘 사람으로 치자면 겨우 중년 나이지만 58세에 세상을 뜬 시인의 생애로 보아서는 후반부 인생에서 얻은 작품이다.

두 연으로 되어 있는데 두 연 모두 1 · 2행에는 사실을 담고 3 · 4행에는 작가의 심정을 담았다. "나라는 망했어도 산과 강물은 여전하여/ 봄이 온 성터에는 풀과 나무 푸르르다."는 오랜 세월 사람들 입에 오르내려 사랑을 받아 온 시구이다.

길이 남아 기억될 훌륭한 시인이 되려면 이렇게 사람들 입에 오르내리는 작품이나 시의 구절이 꼭 있어야 함을 이런 데서도 보게 된다. "세상이 어지러워 꽃을 보아도 눈물이 나고/ 이별이 한스러워 새소리에도 흠칠 놀란다." 인간의 애달픈 정조를 자연에 의탁하여 아름답고도 슬프게 표현하고 있다.

"전쟁이 끝이 없어 봉홧불 석 달째 끊이지 않고/ 집에서 보내 오는 편지는 황금보다 귀하다."는 시대 상황과 시인이 처한 형편을 극명하게 보여주고 있으며 참으로 두고두고 가슴에 와 닿는 말씀은 마지막 구절이다.

"하얗게 세는 머리칼 빗을수록 짧아져/ 이제는 비녀 꽂기도 어렵게 되었네." 아, 두보 선생도 늙어 감을 이렇게 탄식했구나! 아침마다 머리를 빗을 때 조금씩 빠져 나간 머리칼. 이제는 성글 대로 성글어져 비녀조차 꽂지 못할 정도로 짧아졌구나!

객관적이면서 원대한 시대 배경 안에 지극히 미세한 개인의 정한을 이렇게 교묘하게 담아내다니, 이것은 오직 시인 두보의 진정성만이 이룩한 서정시의 승리라 할 것이다.

아담한 오언율시 한 편이 천하보다도 큰 울림을 지녔다. 시의 원문은 다음과 같다.

국파산하재(國破山河在)/ 성춘초목심(城春草木深)/ 감시화천루(感時花濺淚)/ 한별조경심(恨別鳥驚心)// 봉화련삼일(烽火連三月)/ 가서저만금(家書抵萬金)/ 백두소경단(白頭搔更短)/ 혼욕불승잠(渾欲不勝簪)

— 두보(杜甫), 「춘망(春望)」

에밀리 디킨슨

삼월

삼월 님, 어서 들어오세요!
오셔서 얼마나 기쁜지 몰라요!
오랫동안 기다렸거든요.
모자를 벗으시지요—
아마도 걸어오셨나 봐요
그렇게 숨이 차신 걸 보니.
그래서 삼월 님, 잘 지내셨나요?
다른 분들은요?
'자연' 은 잘 두고 오셨나요?
아, 삼월 님, 저랑 이층으로 가요.
하고 싶은 얘기가 얼마나 많은지 몰라요.

흔히들 봄이 어느 달부터 시작되느냐 물으면 사람들은 3월부터라고 대답한다. 그러나 3월은 여전히 으스스 춥고 을씨년스럽고 어석한 느낌이 드는 달이다. 왜 그럴까? 봄이 짧아져서 그럴 것이다. 봄만 짧아진 게 아니라 가을도 많이 짧아졌다. 그 자리를 여름과 겨울이 채우고 있다. 그래서 1년을 두고 볼 때, 여름과 겨울이 긴 한 해가 되었다.

그래도 3월은 봄으로 들어가는 달이다. 봄의 문턱이라 그럴까? 봄의 예감이라 그럴까? 겨울의 두터운 외투를 벗고 숨을 크게 쉬면서 앞산을 바라보고 하늘을 우러르는 달이 바로 3월이다. 또 3월은 학생들의 신학기가 되는 달. 학교 다니는 아이들이 없는 집이 거의 없겠기에 3월은 출발을 다짐하는 달이기도 하다. 해마다 3월이 되면서 제일 먼저 떠오르는 시가 있다면 그것은 에밀리 디킨슨(Emily Elizabeth Dickinson, 1830~1886)의 「삼월」이란 시일 것이다.

시인은 미국 매사추세츠 주 애머스트의 청교도 집안에서 태어나 1847년 마운트 홀리요크 여자학원에 입학하였으나 1년 만에 중퇴하고 독신으로 평생을 살면서 시작에만 열중했다. 청교도주의를 배경으로 죽음과 영원을 주제로 한 형이상학적인 시를 주로 썼다. 시인이 2천 편이나 되는 시를 남긴 것이 알려진 것은 사후의 일이며 1855년에 하버드대학에서 『전시집(全詩集)』(3권)이 발간되었고, 1858년에 『전 서간집(全書簡集)』(3권)이 발간되었다.

해마다 나는 디킨슨의 「삼월」이란 시를 읽어서 '3월'이 오는 것인지, '3월'이 오기에 그녀의 시 「삼월」을 읽는 것인지 모른다고 생각하면서 이 시를 읽는다. 그야말로 연례행사처럼 떠오르고 또 읽는 시가 바로 이 시 「삼월」인

것이다.

생전에 시인이 기거하던 방은 아무래도 2층에 있었던가 보다. 2층 방이었기에 먼 풍경이 잘 보이고 하늘이 보다 가깝게 보였으리라. 오직 창을 통해서만 세상을 감지하던 시인에게 무언가 새로운 기미가 느껴졌던가 보다. 봄에 대한 예감이다. 그래서 시인은 설레는 마음으로 1층으로 내려와 모처럼 뜨락으로 나가 보았던가 보다.

눈에 보이지도 않고 목소리도 들리지 않는 봄의 전령사 '3월'을 향해 시인은 마치 사람에게 하듯이 대화를 시도하고 있다. 시란 이렇게 눈에 보이지도 않고 귀에 들리지도 않는 그 어떤 존재를 찾아내어 그와 대화를 나누는 아주 미세한 의인화 작업인지도 모른다. 마치 오랫동안 사귀어 온 사람에게 하듯이 아주 정다운 어조로 던지는 시인의 정겹고도 그윽한 음성이 우리네 깊은 영혼의 창을 울리면서 커다란 위안을 준다. 어라! '자연'이란 지극히 덩치 크고도 추상적인 대상을 마치 집에 두고 온 아기를 이야기하듯이 가볍게 말하는 아, 이러한 느낌! 그리고 그 어법!

올해도 부질없이 서성이다가 보내 버린 3월. 너무나도 안타깝고 아까운 3월. 그 3월이 화살처럼 스쳐가 버린 허전한 자리에서 에밀리 디킨슨의 시를 뒤늦게 읽어 보는 마음은 애잔하면서도 그립다. 내년에 다시 돌아올 3월에 대한 희망으로 가득 차오르게 한다. 그러하다. 그 희망으로 다시금 1년을 견디며 살아갈 일이다.

시의 원문은 서투른 영어 실력자가 읽어 보아도 어려운 단어나 신기한 표현 같은 건 별로 눈에 띄지 않는다. 좋은 시란 이렇게 시의 언어나 표현, 시적인 장치나 수사에 있는 게 아니라 그 시정신 내지는 내용, 정신적인 발견이나 쾌미에 있다는 것을 120년도 훨씬 이전에 미국 땅에서 살다 간 한 어여쁜 여성 시인은 가르쳐 주고 있다. 이 땅의 젊은 시인들이 귀 기울여 들어 두어야 할 교훈이다. 얼마 전에 타계한 영문학자 장영희 교수의 유려한 번역으로 된 또 한 편의 시를 옮기면 이런 글도 있다.

> 만약 내가 한 사람의 가슴앓이를/ 멈추게 할 수 있다면/ 나 헛되이 사는 것은 아니리/ 만약 내가 누군가의 아픔을/ 쓰다듬어 줄 수 있다면/ 혹은 고통 하나를 달래줄 수 있다면/ 혹은 기진맥진한 지친 울새 한 마리를/ 둥지로 돌아가게 할 수 있다면/ 나 헛되이 사는 것은 아니리.

하인리히 하이네

새봄

꽃나무 아래 거닐다 보니
꽃 따라 나도 꽃피네.
발걸음마다 휘청거리며
나 꿈속처럼 거니네.

오, 나를 붙잡아 주오, 제발!
그렇지 않으면 나 사랑에 취해
당신 발아래 쓰러질 것만 같아요.
정원에 사람들 이렇게 많은데 말이에요.

서양 사람들 격언에 '연애는 프랑스 말로 하고 장사는 영어로 하고 싸움을 이태리 말로 하고 호령은 독일 말로 하라' 는 것이 있다. 이것은 유럽의 주요 국가들 언어에 대한 특성을 풍자한 말인데 그만큼 독일 말이 무뚝뚝하다는 뜻이 될 것이다. 또한 프랑스의 나폴레옹 같은 사람은 "독일 말이 사람의 말이냐? 그건 말[馬]이 우는 소리다"라고 말했다가 괴테의 글을 읽고 난 뒤부터는 "아, 독일 말로도 시가 쓰여지는구나!"라고 말했다고 전해진다.

그러나 독일 출신으로 우리들이 사랑하는 시인들이 많다. 괴테를 필두로 하여 릴케, 아이헨도르프, 헤세, 횔덜린, 그리고는 하이네이다. 하인리히 하이네(Heinrich Heine, 1797~1856)는 그 어떤 독일의 시인보다도 많은 사람들로부터 사랑을 받아 온 시인이다. 무엇보다도 그것은 그의 시들이 작곡되어 오랫동안 노래 불린 까닭이다. 저 유명한 「로렐라이」를 기억할 것이다. "옛날부터 전해오는 쓸쓸한 이 말이/ 가슴속에 그립게도 끝없이 떠오른다/ 구름 걷힌 하늘 아래 고요한 라인 강/ 저녁 빛이 찬란하다 로렐라이 언덕."

분명 외국의 노래요 외국의 이야긴데 우리 가슴 밑바닥에서부터 울려오는 노래의 음률을 느낄 것이다. 왜인가? 이거야말로 노래의 힘이다. 그런데 정작 프랑크푸르트를 지나 라인 강 가 드높은 언덕, 바람 부는 로렐라이 언덕에 올랐을 때는 그 노래의 가사가 통 기억이 나지 않는 것이 아닌가! 그 또한 모를 일이었다.

하이네는 우리나라의 김소월처럼 독일의 민요 시인쯤으로 알려졌으며 독일의 '전통주의와 낭만주의 계승자' 로서의 시인이다. 한편으로 그는

'반전통적이고 혁명적인 저널리스트'로 기록된 인물이다. 얼핏 상호 모순된 인격처럼 보인다. 이렇게 한 개인의 내부에는 서로 다른 반목의 일면이 숨어 있기 마련이다. 빈한한 유대인 가정에서 태어났으나 부호인 숙부의 도움으로 좋은 대학 교육을 받고 저널리스트와 시인으로 활약했으며, 청년 시절 실연의 체험을 소재로 한 『노래책』이 일찍이 그를 유명한 시인으로 만들었고 『로만체로』란 아름다운 대작의 시집을 남겼다.

앞의 시는 매우 낭만적이고 아름다우면서도 깔끔한 한 편의 서정 소곡이다. 시란 결코 길지 않은 형식 속에 보다 많은 내용을 담아내는 예술 양식이란 것을 더욱 잘 보여 주는 작품이라 하겠다. 어려운 말도 없고 까다로운 시적 장치도 없다. 그냥 읽어지는 대로 느끼고 감상하면 되는 일이다.

계절은 봄. 장소는 정원의 꽃나무 아래. 파티라도 있었던 모양. 많은 사람들이 북적대는 속을 두 사람이 이야기하고 있다. 아니, 한 사람이 한 사람에게 이야기하고 있다. 일종의 독백이다. 그러나 그 독백은 내면적으로 두 부분으로 나누어지고 있다. 1연이 묻는 말이요 사실에 대한 묘사라면, 2연은 그에 대한 답이요 감흥에 대한 표현이다. 이런 점에서 보면 동양의 시나 서양의 시나 그 틀은 매우 비슷하다고 할 수 있겠다. 하기는 인간인 점이 같으니 닮을 수밖에는 없을 것이다.

"사랑에 취해" "당신 발아래 쓰러질 것만 같"으니 어서 "제발" "나를 붙잡아" 달라고 애원조로 협박조로 이야기하는 이런 귀엽고도 사랑스러운 독일 아가씨를 문득 만나 보고 싶어지는 봄밤이다. 그것이 바로 봄밤의 정조요 본질이다. 살아 있음의 축복이다. 독일 말이 비록 말이 우는 소리처럼 멋쩍고 공허하다 그러지만 말이다.

요사 부손

하이쿠

가는 봄이여 묵직한 비파를 부둥킨 마음

요사 부손(與謝蕪村, 1716~1783)은 비교적 유복한 농부의 아들로 태어났으나 일찍 양친을 잃고 외롭게 성장했다. 어린 시절 그림을 배웠고 에도(江戶)로 나가 단린파(談林派)의 하이카이[俳諧, 일본의 전통 시가인 하이쿠(俳句)의 다른 말]를 익혔으나 쇼후(蕉風)로 옮겨 자신의 작풍을 확립했다(하이쿠에 대해서는 이 책의 제4부 227쪽 참조).

그는 한 사람 이름 있는 화가이기도 했다. 그런 점에서는 중국의 시인 왕유와도 비슷하다 할 것인데, 27세 때 중 · 서부 각지를 순례하며 회화와 하이쿠 수업을 쌓다가 다시 에도로 돌아왔다. 4년 동안 요사(與謝) 지방에 머문 것을 인연 삼아 성씨를 요사라 정했다.

그 후 교토(京都)에 거처를 정하고 남종화 수업에 전념, 문인 화가로도 크게 성공했으며 『헤이안 인물지(平安人物誌)』 화가로서 성가를 올렸다. 화가 시인답게 그의 작품은 매우 시각적이며 이미지가 풍성한 것이 특징이다. 주로 사회와 인간사에서 소재를 얻어 화미(華美), 선명(鮮明), 인상(印象) 등을 중시하는 표현으로 자연에 융합시켰다는 평가를 받고 있다.

바쇼와 마찬가지로 부손에겐 빼어난 하이카이가 많다. '숙박 거절의 등불이여 눈 속에 잇달은 집들', '여름 냇물을 건너는 기쁨이여 짚신을 벗고', '은어를 주며 들르잖고 지나간 야반의 대문', '모란이 져서 땅에 겹쳐져 있네 꽃잎 두세 편', '범종에 앉아서 하염없이 졸고 있는 나비로구나', '봄 부슬비여 이야기하며 가는 도롱이 우산', '도끼질하다 향내에 놀라도다 겨울나무숲', '유채꽃이여 달은 동녘 지평에 해는 서산에', '수선화 옆에 여우가 놀고 있네 초저녁 달밤', '쓸쓸하기에 피었나 보다 산벚나무여', '애인 집 울타리 조용히 냉이 꽃 피어 있어라' 등.

앞의 하이쿠는 부손의 대표 저작 중 한 편이다. 비파란 악기의 모양이 여체를 닮은 점을 이중화하여 흘러가는 봄의 안타까움을 은연중 드러내고 있다. 봄의 아름다움이 짧고 부질없는 것처럼 인간의 사랑도 덧없기 그지없는 것. 한데도 인간은 어리석어 그러한 부질없음에 매달려 애달파하고 안타까워한다.

여자의 벗은 몸을 연상시키는 비파를 부둥켜안았다는 표현이 매우 고혹적이면서도 환상적이다. 문제는 추상적인 대상인 '가는 봄'을 구체적 사물인 '비파'로 환치시켜 놓은 시인적 착상의 기발함이다. 이같이 시란 보이지 않고 들리지 않는 것을 보이기도 하고 들리기도 하는 것으로 바꾸어 놓는 작업이다.

바쇼가 청각 이미지 중심이라면 부손은 어디까지나 시각 이미지 중심인데 이러한 점은 그가 화가였다는 데에서 충분히 이해가 가는 바이다. 이 작품은 지은이 59세경의 것. 노인이 꿈꾸는 봄과 청춘. 그것은 차라리 사라진 전 인생을 아름답게 돌아보고 아쉬워하는 마음, 그 안타까움과 같다 할 것이다.

정지상

대동강의 이별

비 개이자 기나긴 강둑에
봄풀이 푸르른데

님 보내는 남쪽 포구에
슬픈 노래 드높다.

대동강 물은 도대체
언제쯤 마를 것인가!

이별의 눈물 해마다
푸른 물결만 더하네.

정지상(鄭知常, ? ~1134)은 고려 시대 가장 뛰어난 시인 가운데 한 사람으로 꼽히는 인물이다. 옛 시인들이 대부분 그러했듯 그 역시 시인이면서 관리였다. 고려의 수도를 서경(평양)으로 옮기고 금(金)나라를 정벌하고 고려의 임금도 황제로 칭할 것을 주장했던 매우 주체적인 사상을 지녔던 사람이다. 그러나 묘청의 난에 연루되어 개경파인 김부식(金富軾)에 의해 죽임을 당해야만 했다.

김부식과 정지상은 시인으로서도 라이벌 관계로 있었던 모양이다. 그러나 후세인들은 김부식보다는 정지상을 한 등급 위로 평가하는 경향이 있다. 속설(이규보의 『백운소설』)에 의하면 정지상이 생전에 "산사에 불경 소리 끝나니/ 하늘이 유리처럼 맑구나. —임궁범어파(琳宮梵語罷)/ 천색정유리(天色淨琉璃)"라는 시를 지었는데 김부식이 좋아하여 그 나머지 구절을 자기가 짓도록 청했으나 이를 허락하지 않아 사이가 나빠졌다고 한다.

정지상이 죽은 뒤 어느 날 봄에 김부식은 이렇게 시를 지었다 한다. "버들색은 천 가닥 실처럼 푸르고/ 복사꽃 일만 점이 붉다. — 유색천사록(柳色千絲綠)/ 도화만점홍(桃花萬點紅)" 그러자 정지상의 귀신이 나타나 김부식의 따귀를 때리면서 시를 이렇게 고쳐 주었다고 한다. "버들가지 가닥가닥 푸르고/ 복사꽃은 송이송이 붉다. — 유색사사록(柳色絲絲綠)/ 도화점점홍(桃花點點紅)"

이보다 더 유명한 것은 정지상의 어린 시절의 일화이다. 고려 선종 시절의 일. 당대 내로라하는 시인들이 대동강에 배를 띄워 시회(詩會)를 열었다 한다. 그때 일곱 살짜리 정지상도 함께 배에 타고 있었는데 어른들의 허락을 받고 시를 써서 신동 소리를 들었다는 것이다. "누가 귀신 같은 붓을 잡고서 강물 위에 새 을(乙) 자를 그려 놓았나! — 하인파신필(何人把神筆)/ 을자사강파(乙字寫江波)"

언젠가 나는 우리 고전 속에서 주옥편 세 편만을 고르라는 주문에 선뜻 정지상의 앞의 시를 첫자리로 놓은 적이 있다. 앞의 시는 지극히 개인적인 정한을 노래한 시이다. 그것도 이별의 슬픔을 노래한 것이다. 그런데도 후세인들은 이 작품을 두고두고 사랑했다. 그만큼 시의 본령이 개인 정서 내지는 정한에 있음을 말하는 한 증거일 것이다.

우선 앞부분은 봄철의 경치를 그리면서 풀이 푸른 강의 포구에서 사랑하는 사람과 이별하는 노랫소리가 크게 들린다고 쓰고 있다. 봄이 온다는 사실과 사랑하는 사람과 이별하는 일은 예나 지금이나 변함없이 되풀이되는 일이다. 그야말로 별스러운 일이 아니다. 그런데도 이것은 특별한 일이고 사무치는 일이다. 그만큼 사람 사는 일로서 중요한 일이기 때문이다.

그러다가 시인은 느닷없이 "대동강 물은 도대체/ 언제쯤 마를 것인가!" 하고 묻고 있다. 오늘날까지도 마르지 않은 대동강 물인데 천년의 세월을 건너 고려 시절의 정지상이 우리더러 그렇게 묻고 있는 것이다. 이에 우리는 무어라 대답해야만 좋을까? 그저 가슴이 먹먹할 따름이다. 언제까지고 마르지 않을 대동강 물을 두고 언제쯤 마를 것인가 묻는 것은 하나의 한탄이다. 인간사의 덧없음을 빗대어 하는 말이다.

한발 더 나아가 시인은 "이별의 눈물 해마다/ 푸른 물결만 더하네."라고 읊는다. 이 대목에서도 우리는 한숨을 쉬지 않을 수 없다. 이별할 때 흘리는 눈물의 양이 얼마나 된다고 그 눈물이 대동강 물의 파고를 해마다 더한다고 말하는가? 이것은 사실적인 질량이 아니고 감정적인 질량이다. 정서적 절실함의 가늠이다. 따질 게 무엇이 있겠는가. 다만 아! 하는 감탄이 거기 있을 뿐이다.

이 시는 때로 「대동강(大同江)」이란 이름으로도 전하는데 혹자 있어 오로지 「송인(送人)」이라고 고집한다면 또한 그것은 그럴 것이다. 원문은 다음과 같다.

우헐장제초색다(雨歇長堤草色多)/ 송군남포동비가(送君南浦動悲歌)/
대동강수하시진(大同江水何時盡)/ 별루년년첨록파(別淚年年添綠波)

— 정지상(鄭知常), 「송인(送人)」

* 정지상의 「송인」은 오랜 세월 이 땅에 살아온 문인들의 사랑을 받아 온 시로도 유명하다. 원작자 정지상은 이 시의 마지막 구 끝부분을 '첨작파(添作波)'라고 썼다고 한다. 그런데 후대의 이제현(李齊賢)이 '첨록파(添綠波)'로 고치고 다시 서거정(徐巨正)이 '첨작파'로 고쳤는데 결국은 김만중(金萬重)이 '첨록파'로 고쳐 오늘에 이르렀다 한다. 말도 많고 탈도 많은 시구절이지만 이는 그만큼 오랜 세월 많은 사람들로부터 사랑을 받아 온 증거라 할 것이다.

헨리 워즈워스 롱펠로

화살과 노래

나는 허공을 향해 화살을 쏘았으나
화살은 땅에 떨어져 간 곳이 없었다.

빠르게 날아가는 화살의 자취
누가 그 빠름을 따라갈 수 있었으랴.

나는 허공을 향해 노래를 불렀으나
노래는 땅에 떨어져 간 곳이 없었다.

누가 날카롭고도 밝은 눈이 있어
날아가는 그 노래 따라갈 수 있었으랴.

세월이 흐른 뒤 고향의 뒷동산 참나무 밑동에
그 화살 부러지지 않은 채 꽂혀 있음을 보고

나의 노래 처음부터 마지막 구절까지
친구의 가슴속에 살아 있음을 안다.

헨리 워즈워스 롱펠로(Henry Wadsworth Longfellow, 1807~1882)는 젊은 시절 나 자신 매우 좋아한 미국 시인 가운데 한 사람이다. 특히 그의 장편 서사시 「에반젤린」이란 작품이 오랫동안 애잔한 느낌으로 가슴에 남았다. 지금은 줄거리도 희미한 장편 서사시. 읽을거리가 시원치 않던 시절이라 번역본으로 된 작품은 젊은 세대들에게 많은 인기가 있었다. '에반젤린' 이란 주인공 이름부터가 정감이 있게 다가왔던 게 사실이다.

앞의 시 「화살과 노래」는 시인의 또 다른 대표작인 「인생찬가」와 함께 독자들의 사랑과 지지를 받아 온 작품이다. 여섯 개 연으로 구성된 시에서 앞의 네 연은 어린 시절의 일을 회상하는 내용이고, 뒤의 두 연은 어른이 되어서의 성찰과 발견에 대한 것이다.

어린 시절에는 나름대로의 세계가 있기 마련이다. 어른들이 볼 때 무가치한 일인데도 아이들은 재미를 붙이고 그 일에 열중한다. 이를 시인은 '화살' 과 '노래' 로 표현하고 있다. 얼핏 이분법적으로 생각하여 선행과 악행으로 볼 수도 있겠으나 굳이 그렇게 도덕적인 잣대로만 풀이할 것도 아니다.

그냥 놀이라고 보면 된다. 그 자체로만 재미있고 의미 있는 놀이. 그런데 어른이 되어 고향에 돌아와 보니 뒷동산 참나무 밑동에 어린 날 허공에 쏘면서 놀았던 화살이 부러지지 않은 채 꽂혀 있고, 친구의 마음속에는 내가 불러 주었던 노래가 처음부터 마지막 구절까지 살아 있더라는 것이다. 이 얼마나 놀랍고도 반가운 일인가!

이것은 하나의 발견이면서 회상이고 슬픔이다. 이것도 하나의 성숙이라면 성숙일 것이다. 서양인의 시각과 인생관이지만 동양적인 일면을 느끼게 한다. 그래서 그렇게 우리에게 친숙한 느낌을 주었던 것인지 모르겠다. 얼핏 정지용 시인의 「향수」 같은 시에 나오는 "함부로 쏜 화살"이 겹쳐지는 시이기도 하다. 서양의 것이든 동양의 것이든 좋은 것은 비슷하고 서로 닮을 수도 있는 것이다. 이 또한 탓할 일이 아니다.

미국의 국민 시인 헨리 워즈워스 롱펠로는 메인 주의 비교적 유복한 집안에서 출생, 정식으로 대학 교육을 받고 유럽에 유학하고 돌아와 모교인 보든대학교와 하버드대학교에서 교수로 재직하면서 많은 작품을 발표했다. 유럽의 시적 전통에 영향 받아 시를 썼으며 유럽 대륙의 여러 나라의 민요를 솜씨 있게 번안 · 번역한 시로써 대중의 사랑을 받았다.

로버트 브라우닝

때는 봄

때는 봄
봄날은 아침
아침은 일곱 시
언덕에는 진주이슬
종달새 높이 날고
가시나무 울타리에 달팽이 오르고
하느님은 하늘에 계시니
세상은 두루 평화롭구나.

내용도 주제도 평화로움 일색이다. 세상의 가장 고요하고 아름답고 향기로운 한 순간이 시 속에 살아 숨 쉬고 있다. 크게 보아 하나의 문장인데 앞의 3행은 시간에 관한 것이고, 그 다음 3행은 공간에 관한 것이다.

봄 → 아침 → 일곱 시. 이렇게 시간이 큰 것으로부터 작은 것으로 좁혀지고 있다. 공간은 좀 복잡하다. 언덕 → 진주이슬. (하늘) → 종달새. 가시나무 울타리 → 달팽이. 세 가지 공간의 사물들이 큰 것에서 작은 것으로 옮겨 가고 있다.

이것도 일종의 점층법이다. 멀리 크게 보는 것은 매크로이고 조리개를 조여서 들여다보는 것은 마이크로다. 마지막 2행은 시인의 상상과 감상이이다. "하느님은 하늘에 계시니". 너무도 당연한 사실이지만 정작 이야기해 놓고 보니 느낌이 새롭다. 아, 그런가? 하느님이 하늘에 계시다? 그래서 "세상은 두루 평화"로운 거구나! 당연한 것이 당연하지 않은 것이 된다.

이것이야말로 하늘과 땅의 조화요 하느님과 인간의 조응(照應)이다. 사실상 이런 날이 지상에는 그다지 많지 않다. 이렇게 하늘에 계신 하느님을 감각적으로 느낄 수 있게 됨은 오로지 앞의 여섯 행 때문이다. 말하자면 필요조건이 성립된 것이다. 그래서 하느님의 실재를 느낌으로 아는 것은 충분조건이 되는 것이다.

일찍이 괴테는 "좋은 시란 어린이가 읽으면 노래가 되고 젊은이가 읽으면 철학이 되고 노인이 읽으면 인생이 되는 시"라고 말했다. 바로 이런 시가 그런 시가 아닌가 싶다.

로버트 브라우닝(Robert Browning, 1812~1889)은 테니슨과 함께 영국 빅토리아조(朝)를 대표하는 시인이다. 부유한 가정에서 태어나 천재 교육을 받고 일찍부터 시인적 자질을 보였다. 병약한 여성 시인 E. 배럿과 비밀 결혼을 했는데, 장인의 반대로 이탈리아로 도주, 아내가 죽을 때까지 16년간 피렌체에서 함께 살았다. 대표작으로 『안드레아 델 사르토(Andrea del Sarto)』, 『반지와 책』과 같은 시집이 있다.

존 매크래

개양귀비 들판에서

플랜더스 들판에 개양귀비 피었네,
누군가 죽어 누운 곳 알려 주는 표식으로
줄줄이 서 있는 십자가들 사이로.
하늘에는 종달새 힘차게 울면서 날아오르지만
저 아래 요란한 총소리에 그 노래 듣지 못하네.

우리는 이제 운명을 달리한 사람들.
며칠 전까지만 해도 살아서 새벽을 느끼고
석양을 함께 바라보았지.
사랑하기도 하고 사랑받기도 했건만
이제 그대는 플랜더스 들판에 누워 있을 뿐이네.

그대여, 우리 대신 적과 맞서 주오.
이 횃불 이제 그대 손에 맡기니
그대여, 높이높이 치켜들어라.
우리와의 약속 그대 저버린다면
우리는 영원히 잠들지 못하리.
플랜더스 들판에 개양귀비 피고 진다 하여도.

몇 년 전(2010년 7월 9일), 국립대전현충원에 시비 하나가 세워졌다는 기사를 읽었다. 시비에 새겨진 글은 「플랜더스 들판에서」란 시. 시는 낯설었지만 감동적이었고 시의 배경은 울림이 있었다.

시대는 과거로 거슬러 올라가 1차 세계대전의 한복판으로 들어간다. 1915년의 봄. 캐나다의 의사이면서 시인이었던 존 매크래(John Alexander McCrae, 1872~1918)란 사람이 캐나다의 군의관으로 육군 중령 계급장을 달고 전쟁에 참여, 유럽의 서부 전선 이프르 전투(the battle of Ypres)에 투입된다. 그곳은 벨기에와 네덜란드, 프랑스의 접경 지역인 플랜더스(Flanders) 지방.

그로부터 한 달 만에 그는 아끼던 부하인 알렉시스 헬머 중위를 잃고 전우의 무덤가에 흐드러지게 피어난 개양귀비꽃을 보고 이 시를 쓰게 된다. 그것이 1915년 5월 3일. 그리고 다시 그해 12월 8일, 『펀치 매거진(Punch magazine)』이란 잡지에 이 시가 발표되어 세상에 알려지게 된다.

이 글을 뉴욕의 YMCA에서 전쟁 구호 봉사 활동 중이던 교사 모이나 마이클이란 여성이 읽고 가슴에 붉은 양귀비꽃을 달고 다녔다고 한다. 또 프랑스의 게링이란 여성이 종이로 만든 양귀비꽃을 팔아 전쟁고아를 도왔다고 한다. 이러한 사연과 운동이 영국과 캐나다로 번져 나가 현충일 풍습이 되었다는데 영연방 국가들은 오늘날에도 제1차 세계대전 종전일인 11월 11일을 현충일로 지키면서 또 그날을 '포피(Poppy, 양귀비) 데이'라 부른다고 한다.

시는 3연으로 되어 있는데 1연에서는 전우가 죽어 묻힌 무덤의 십자가와 그 위에 피어 있는 개양귀비와 종달새 소리에 대해서 쓰고 있다. 말하자면 시의 도입부요 개괄적인 배경 묘사다.

2연은 무덤의 주인공과의 지난날 있었던 아름다웠던 일에 대한 회상이다. "며칠 전까지만 해도 살아서 새벽을 느끼고/ 석양을 함께 바라보았"다는 사실. 그리고 서로 "사랑하기도 하고 사랑받기도 했"다는 사실. 그런데 한 사람은 무덤 속에 있고 또 한 사람은 무덤 밖에 있다는 것은 기가 막힌 일이라 하겠다. 인생의 모든 일이 이렇게 순식간에 갈리게 되어 있다.

3연은 사자(死者)의 말을 빌려 살아남은 자에게 전하는 부탁의 말을 담고 있다. "이 횃불 이제 그대 손에 맡기니/ 그대여, 높이높이 치켜들어라." 어디선가 우렁찬 목소리가 들리는 듯, 마지막 행 "플랜더스 들판에 개양귀비 피고 진다 하여도."는 잔잔하지만 오랜 여운으로 우리를 울린다. 시인 역시 전쟁의 마지막 해인 1918년, 프랑스 불로뉴(Boulogne) 지방에서 사망했다.

제2부

여름

로버트 브리지스

유월이 오면

유월이 오면 나는 그때 온종일
순이와 함께 향긋한 건초 더미 속에 앉아 있으려네.
그리고 솔솔 바람 부는 하늘에 흰 구름이 지어 놓은
눈부시게 높은 궁전들을 바라보려네.

순이는 노래 부르고 나는 노래 지어 주고
그리고 온종일 아름다운 시들을 읽으려네.
마른풀로 지은 우리들의 집에 숨어 누워서
오, 인생은 즐거워라 유월이 오면.

이 시를 처음 만난 것은 공주에서 고등학교 다닐 때의 일이다. 당시만 해도 공주에는 대학생이 흔치 않았었다. 오직 단과 대학 형태인 공주사범대학이 유일한 대학이었다. 종일 공주 시내를 다녀도 대학생을 만나기가 쉽지 않았다. 어떻게 대학생이 대학생인 줄 알았느냐고? 그렇다. 그때는 대학생들도 감색 빛깔의 교복을 입고 다니던 시절이었다. 그래서 공주의 길거리에서 여대생 한 사람이라도 만나게 되면 굉장한 화젯거리가 되곤 했다.

같은 집 하숙생 가운데 공주사범대학에 다니는 형이 있었다. 그는 매우 친절하고 유순한 사람이었는데 그 형이 배우는 대학 교재에 앞의 시가 나와 있었다. 시의 제목이 '웬 준 이스 컴(When June is come)' 으로 되어 있었다. 소년적 천진과 호기심이었을까? 단박에 그 시가 좋아졌다. 그 시를 노트에 베끼고 외웠다. 시를 외울 때마다 마음이 따뜻해짐을 느꼈다.

아, 인생이란 것은 이렇게 아름다운 것이구나. 나는 시에 나오는 여성 대명사(그녀)를 '순이' 라는 구체적인 여자의 이름으로 바꾸었다. 흔해 빠진 우리나라 촌 여자 이름의 표본 같은 이름이었다. 그랬더니 더 좋은 느낌이 왔다. 무엇보다도 '흰 구름' 이란 말에 마음이 끌렸다. "흰 구름이 지어 놓은 눈부시게 높은 궁전"이라니! 그 뒤부터 나는 흰 구름을 볼 때마다 눈부신 궁전을 꿈꾸는 사람이 되었다.

참말로 사랑하는 누군가와 더불어 향긋한 건초 더미에 누워 흰 구름이 지어 놓은 눈부신 궁전을 바라보는 인생이 있을까? 나는 비록 나이 먹고 늙은 사람이지만 결코 그런 인생이 없으리라고 생각하지 않는다. 인생은 어디까지나 기다림이고 꿈이다. 살아서 그런 인생이 허락되지 않는다면 죽어서라도 분명 그런 인생을 살 수 있다고 믿는 나이다.

그래서 나는 유월이 가까워지면 이 시를 기억해 내고 중얼중얼 입속으로 외우곤 한다. "오, 인생은 즐거워라 유월이 오면." 지은이 로버트 브리지스(Robert Seymour Bridges, 1844~1930)는 영국의 계관 시인이었고 비평가였던 사람. 시집에 『단시집』과 『미(美)의 유언』이 있으며 순직한 감성과 아름다운 운율의 시인으로 평가된다.

오르텅스 블루

사막

사막에서 그는
너무도 외로워서
때때로 뒷걸음질로 걸었다.

모래에 찍힌
자기의 발자국을 보기 위해서.

어느 해던가, 젊은 시절에 가르친 제자들이 망년회를 겸해 만나자 그래서 그들을 만나고 돌아오는 길에 처음 본 시이다. 장소는 경기도 연천군에 있는 전곡역이란 기차역. 역사 안에 이 시가 쓰여 있었다. 도통 처음 보는 시요 처음 듣는 이름이었다. 그렇지만 느낌이 무척 신선했다.

나중에야 인터넷을 통해 이 시가 류시화란 시인이 편찬한 『사랑하라, 한번도 상처받지 않은 것처럼』이란 책에 실려 세상에 널리 퍼진 시란 사실을 알았다. 시의 작자에 대한 약력 사항이 좀 뭉뚝했다. 프랑스인이라는 것. 사고를 당해 누워서 생활하는 사람이라는 것. 시와 노래 짓기를 좋아하는 사람이라는 것. 이름이 또 오르텅스 블루라는 것. 그가 파리 메트로(파리 지하철)에서 모집하는 행사에 시를 응모했는데 바로 이 시가 8천 편의 응모작 가운데서 1등으로 당선한 시라는 것.

인간은 태어나면서 숙명적으로 고독이란 병을 앓는 존재이다. 혼자 있을 때는 물론이거니와 여럿이 있을 때조차 인간은 외로움을 느낀다. 어쩌면 고독은 인간의 본성의 일부분일지 모르는 일이다. 그러한 고독을 이 시는 다루고 있다.

시의 상황 설정이 매우 극단적이다. 일단 독자를 사막이란 공간으로 끌고 간다. 사막. 지구 가운데 비가 내리지 않아 메마른 땅. 생물이 잘 자랄 수 없는 곳. 고요와 적막, 그리고 죽음과 고독만이 기다리는 곳. 그런 공간에서 화자는 또 혼자다. 사막이 가진 특성이 더욱 강화될 수밖에 없는 일. 그래서(너무나 외로워서) 시인은 "때때로 뒷걸음질로 걸었다."는 것이다. 이유는 "모래에 찍힌/ 자기의 발자국을 보기 위해서."라는 것이다.

고독한 자의 마지막 선택이 바로 이것이다. 고독도 이 정도가 되면 치명적이고 위협적이다. 자기 발자국일망정 그 발자국을 보고 위로를 받고 싶어한다. 아, 내가 혼자가 아니라는 사실! 적어도 자신의 발자국이 옆에 있다는 것! 인간은 이렇게 끝까지 어쩔 수 없는 존재인가 싶다. 자기애(自己愛)의 극치를 본다.

장 니콜라 아르튀르 랭보

감각

푸른 여름날 저녁 때, 나는 가겠네, 보리밭에 찔리며,
오솔길로, 풀잎을 밟으며.
꿈꾸는 나는 느끼게 되리, 내 발에 스며드는 신선한 느낌을.
나의 머리칼은 바람에 나부끼리.

나는 말하지 않으리, 생각하지 않으리.
하지만 끊임없는 사랑은 가슴속에 피어오르리.
그래서 나는 가리, 멀리, 아주 멀리, 떠돌이처럼, 자연 속으로,
— 애인과 같이 가듯이 아주 행복하게.

시인의 천재성을 말할 때 가장 먼저 떠올리게 되는 시인이 바로 프랑스의 시인 장 니콜라 아르튀르 랭보(Jean-Nicolas-Arthur Rimbaud, 1854~1891)다. 짧은 생애 가운데 그가 시를 쓴 기간은 겨우 5~6년 정도. 15세 때부터 20세까지가 전부이다. 그런데도 그는 세계 시사(詩史)에 유래를 찾아볼 수 없는 강력한 공적과 영향을 남겼다. 그는 16세 때 이미 "시인은 견자(見者, voyant)가 되어야 한다"고 선언하고 나섰다. 그가 말한 견자란 '무릇 무한한 시간과 공간을 꿰뚫어 볼 수 있고 개인의 인격에 대한 인습적 개념을 형성하는 모든 제약과 통제를 무너뜨림으로써 영원한 신의 목소리를 내는 도구로서의 예언자'를 말한다.

랭보는 무책임하고 방랑벽이 있는 아버지와 신앙심은 깊지만 융통성이 부족한 어머니의 여섯 자녀 중 한 아이로 태어나 어린 시절 문학적 재능이 뛰어난 모범생이었으나, 16세 때 학교를 그만두고 평생을 반항과 일탈의 삶으로 일관했다. 아무래도 랭보는 다중인격자(多重人格者)라고밖에는 말할 수 없는 인물이겠다. 그는 겨우 36세의 일기를 살았으면서 누구보다도 많은 기행과 스캔들과 소문을 뿌리며 살았다. 죄수, 군대 용병, 곡마단 통역, 채석장 감독, 무기 밀매상, 인신매매상, 마약 거래상 등. 평범한 사람으로서는 상상조차 할 수 없는 여러 가지 신분을 더불어 살았으니까 말이다.

특히 폴 베를렌(Paul Marie Verlaine)과의 기이한 우정과 동성연애 관계는 오랜 세월 사람들 입줄에 오르내린 일화이기도 하다. 이에 대한 내용은 레오나르도 디카프리오 주연의 영화 「토탈 이클립스(Total Eclipse)」를 통해 영화에 대해 조금이라도 관심이 있는 사람이라면 잘 기억하고 있을 터이다. 폴 베를렌은 또 이 천재적인 어린 친구이자 애인에게 '바람 구두를 신은 사나이'란 이름을 지어 주었다고 한다.

앞의 시는 랭보가 15세 때 지은 시라고 전한다. 15세에 이런 시를 썼다? 도저히 믿기지 않을 만큼 완벽하고도 조숙한, 아름다운 작품이다. 시는 실상 하늘에 비딱하게 걸린 그 어떤 물체 같은 것이다. 어쩌면 무너져 내릴 것만 같은 구조물이기도 하다. 이런 점에서 만인에게 오해 없이 통하는 맑은 문장의 산문과는 구별되는 문장이다. 약간의 오해도 있을 수 있고 독단이 있을 수도 있는 문장이 시의 문장이다. 이런 관점에서 볼 때 가장 시적인 문장이 바로 랭보의 이런 삐딱한, 조금은 위태로운 문장 구조가 아닐까 한다. 문제는 이런 작품을 통해 시인이 원초적으로 느꼈던 감흥을 오늘날에도 충분히 우리 것으로 받아들일 수 있느냐 없느냐에 있다. 시란 누가 뭐래도 항구적인 문장이라 하겠다. 시인의 주요 작품으로 『명정선』, 『지옥에서 보낸 한 철』 등이 있고 『일뤼미나시옹』 같은 산문도 있다.

월리엄 워즈워스

무지개

하늘의 무지개 바라보면
내 마음은 뛰노네.
어려서도 그러했고
어른 된 지금도 그러하고
늙어서도 여전히 그러할 것이네.

만약 그러하지 아니하다면 신이시여
지금이라도 나의 목숨 거둬 가소서.

어린아이는 어른의 아버지,
나의 생애 하루하루
타고난 그대로 경건한 마음 이어지기를
빌고 바라네.

자연이 혼탁해지고 하늘마저 흐려져 무지개조차 사라졌다는 말들을 많이 한다. 여름날 하늘에서 무지개조차 볼 수 없는 세상이라? 많이는 섭섭한 세상이다. 그런데 올해 나는 무지개를 두 번이나 보았다.

한 번은 부여 궁남지에 연꽃을 보러 갔다 오다가 서편 하늘에 흐릿하게 무지개가 떠 있는 걸 보았다. 그래서 동행한 두 아낙을 그 앞에 세워 놓고 사진을 찍어 주기도 했다.

또 한 번은 문화원에서 퇴근하는 길, 제민천 가에서 무지개를 보았다. 마침 소낙비가 한차례 세차게 하늘을 훑고 지나간 뒤여서 동쪽 하늘에 무지개가 둥그렇게 떠 있었다. 아, 무지개! 나의 입에서는 탄성이 나왔다. 자전거를 멈추고 다리 위에 서 있는 몇 사람들에게 무지개가 떠 있다는 걸 일러 주었다. "아, 그러네." 신기하다는 듯 그들도 무지개를 올려다보았다.

그러나 자전거를 타고 조금 더 오다가 보니 무지개는 이미 사라지고 없었다. 아, 그렇구나. 무지개란 저렇게 빨리 사라지는 거구나. 성경 속에서 무지개는 하느님이 인간과 한 약속의 증표이다. 우리나라의 전설 속에서는 하늘나라 선녀님이 하늘과 지상을 오르내리는 다리 역할을 한다.

어쨌든 올해 두 차례나 무지개를 보았다는 건 행운이다. 무지개는 잠시 하늘에 떠 있는 신비한 존재. 주의 깊게 보는 사람에게만 보이는 꿈같은 것. 그 마음속에 무지개의 실체가 있는 사람에게만 그 알몸을 보여 준다.

무지개를 노래한 시인으로 누구나 고개를 끄덕일 시인이 세계적으로 있다면 그는 영국 시인 윌리엄 워즈워스(William Wordsworth, 1770~1850)일 것이다. 계관 시인이며 자연주의 시인. 「수선화」, 「초원의 빛」,

「추수하는 아가씨」 같은 작품도 유명하지만 나는 「무지개」란 작품을 더 좋아한다.

왜일까? 아마도 앞 시에 나오는 두 구절이 있어서 그런 게 아닌가 한다. "하늘의 무지개 바라보면/ 내 마음은 뛰노네." 워즈워스 같은 옛날의 서양 사람도 우리와 같이 무지개를 보면 가슴이 뛰었구나. 이것은 사뭇 감동이다. "어린아이는 어른의 아버지". 이것은 또 눈부신 발견과 충격의 언어이다.

프란체스카 도너 리

연서

이 세상에서 당신을 사랑하는 사람이
백 사람이 있다면
그 중에 한 사람은 나입니다.

이 세상에서 당신을 사랑하는 사람이
열 사람이 있다면
그 중에 한 사람은 나입니다.

이 세상에서 당신을 사랑하는 사람이
한 사람밖에 없다면
그 한 사람은 바로 나입니다.

이 세상에서 당신을 사랑하는 사람이
한 사람도 없다면
그건 내가 이 세상에 없기 때문입니다.

이 글은 우리나라 초대 대통령인 이승만 대통령의 영부인 프란체스카 여사의 글이다. 시 형식으로 되어 있지만 애당초는 시가 아니라 편지글로 쓰인 글을 누군가가 시 형식으로 새롭게 번역한 내용이다.

알다시피 프란체스카 여사는 본명이 프란체스카 도너(Francesca Donner, 이부란, 1900~1992)인데 오스트리아 출생으로 이승만 대통령이 젊은 시절 해외에서 독립운동을 하면서 만나 결혼하게 되고, 조국 광복 이후 귀국하여 남편을 도와 대통령이 되게 했으며 평생 한국인으로 살았던 분이다.

한복을 즐겨 입었으며 평소 근검절약하는 생활로 올이 터진 스타킹을 신고 몽당연필을 깎아서 사용한 일화는 눈물겹기까지 하다. 앞의 글에서도 보면 한 사람에 대한 사랑의 마음이 절절히 잘 나타나 있음을 본다. 현실적으로 한 사람을 사랑하는 사람의 숫자는 점차 줄어들지만(백 사람→열 사람→한 사람) 사랑하는 마음은 반대로 점점 증폭되고 있음을 본다. 이건 참 묘한 감동이요 흥분이다. 하나의 간절함이요 순결한 사랑의 힘이다.

그리하여 최종적으로 마지막 남은 한 사람마저 지상에서 사라질 때 그 사랑은 최고조로 확대된다. 이거야말로 참으로 아름다운 사랑의 아이러니이다. 우리도 가끔은 이렇게 최후까지 사랑할 수 있는 누군가 한 사람을 생각해 볼 일이다. 이런 최후의 한 사람을 가진 사람은 행복한 사람이고 성공한 인생을 가진 사람이다.

프란체스카 여사에게 남겨진 이야기 한 토막이 있다. 이승만 박사가 망명지 하와이에서 돌아간 뒤, 홀로 귀국하여 서울 낙선재(樂善齋, 창덕궁 안의 건물)에 머물러 살 때였다고 한다. 평소 관광객이 오면 여사는 기거하던 방의 창문을 열어 놓고 지나는 사람들에게 얼굴을 보이기도 하고 손을 흔들어 답하기도 했다고 한다.

그러던 어느 날. 시골에서 올라온 할머니 한 분이 가까이 오더니 입고 있던 치마를 들쳐 올리고 그 안에서 돈주머니를 뒤적여 돈을 꺼내더라는 것이다. 그것은 꼬깃꼬깃 접은 천 원짜리 한 장이었다 한다.

할머니는 그 돈을 여사에게 주면서 "옛날에 우리나라를 위해 독립운동을 하면서 고생도 많이 했으니 이걸로 사탕이라도 사서 드시라"고 하더란다. 여사는 그 돈을 받아 들고 눈물까지 글썽이면서 고맙다, 고맙다 했으며 그 돈을 오랫동안 몸에 지니면서 쓰지 않고 '세상에서 가장 귀한 돈' 이라고 말했다 한다. 지나간 이야기, 출처 불명의 아리송한 이야기지만 감동적인 이야기임에 틀림없다.

에드거 앨런 포

애너벨 리

아주아주 오랜 옛날
바닷가 한 왕국에
애너벨 리라 불리는
한 소녀가 살았다네.
나를 사랑하고 내 사랑 받는 일밖에는
아무런 다른 생각도 없는 그녀가 살았다네.

나 어렸었고 그녀도 어렸었지,
바닷가 이 왕국에.
그러나 나와 나의 애너벨 리는
사랑 이상의 사랑을 하였다네.
천국의 날개 돋친 천사들도 그녀와 나를
부러워할 만큼.

그것이 이유였지, 오래전,
바닷가 왕국에.
바람이 구름으로부터 불어와
내 아름다운 애너벨 리를 싸늘하게 하였다네.
그리하여 그녀의 지체 높은 친척들이 찾아와
나로부터 그녀를 데려가
바닷가 이 왕국의 무덤에
가둬 버렸다네.

하늘나라에서 우리의 반쯤밖에 행복하지 못한 천사들이
그녀와 나를 시기한 것이었네.
그렇지! 그것이 이유였지.(바닷가 이 왕국 모든 사람들이 알고 있듯이)
구름으로부터 바람이 불어와
나의 애너벨 리를 숨지게 한 것은.

그러나 우리들의 사랑은 훨씬 더 강했었네,
우리보다 나이 많은 사람들의 사랑보다도
우리보다 현명한 사람들의 사랑보다도.
그리하여 하늘나라 천사들도
바다 밑 악마들도
나의 영혼을 아름다운 애너벨 리의
영혼으로부터 떼어놓을 수 없었다네.

달빛도 내가 아름다운 애너벨 리의
꿈을 꾸지 않으면 비추지 않고
별빛도 내가 아름다운 애너벨 리의 빛나는
눈을 바라보지 않으면 반짝이지 않네.

그래서 나는 밤이 지새도록
나의 사랑, 나의 사랑, 나의 생명,
나의 신부 곁에만 누워 있네.
바닷가 그곳 그녀의 무덤에
파도 소리 들리는 바닷가 그녀의 무덤에.

'에드거 앨런 포(Edgar Allan Poe, 1809~1849)' 라는 시인의 이름과 그가 쓴 '애너벨 리' 라는 시의 제목은 소리 내어 읽어 보기만 해도 혀끝에 아물아물 눈에 보이지도 않고 손에 잡히지도 않는 꿈의 모습이 어릴 것 같은 느낌을 준다. 시인은 참 많은 시를 가지고 시인이 되는 것이 아니다. 정말 좋은 시, 인간의 영혼을 울리는 시 한 편만으로도 충분히 시인이 될 수 있는 일이다. 우리의 경우 한용운의 「님의 침묵」이 그렇고, 김소월의 「초혼」이 그렇고 정지용의 「향수」가 그렇다.

「애너벨 리」, 참 으슥하니 깊고 아득한 시이다. 신화적이면서도 동화적이다. 판타지가 숨어 있다. 이야기가 들어 있다. 시이면서 하나의 짧은 아름다운 서사(敍事)다. 시의 전반부, "아주아주 오랜 옛날/ 바닷가 한 왕국에/ 애너벨 리라 불리는/ 한 소녀가 살았다네."부터가 심상치 않다. 나아가 "천국의 날개 돋친 천사들"이라든지 "바닷가 이 왕국의 무덤"과 같은 말들이 신비스러움을 더한다.

아닌 게 아니라 번역시라도 소리 내어 읽어 보면 마음속에 드넓은 바닷가 풍경이 펼쳐지고, 윙윙 바람 소리가 들리고, 알지 못할 어쩌면 귀신의 소리일지도 모르는 소리가 들려오는 듯하다. 만약 영어로 된 원시 그대로 운율을 살려 소리 내어 읽어 본다면 그 감동은 더할 것이다. 분명 끝까지 읽다 보면 물빛 슬픔이 가슴 가득 고여 일렁임을 느끼면서 왈칵 눈물 쏟으며 무릎 꿇고 주저앉고 싶은 충동마저 갖게 되리라.

아, 드넓은 미국 땅 어딘가에 포와 같은 시인이 일찍이 길지 않은 생애를 살았고, 그에 의해서 「애너벨 리」란 이렇게 아름다운 시가 또 쓰여졌다니! 부러운지고. 에드거 앨런 포는 미국 매사추세츠 보스턴에서 순회 극단 배우 부모 사이에서 출생했으나 3세에 부모를 여의고 입양된 가정에서 성장, 버지니아대학에 들어갔으나 졸업하지는 못한 것으로 되어 있다. 잡지 편집인으로 일하던 중 1936년 버지니아 클렘과 결혼했으나 아내가 결핵을 앓아 1847년 병사한 뒤, 시인은 술에 몸과 마음을 위로받다가 1849년 10월, 볼티모어의 길거리에서 쓰러져 마흔이라는 젊은 나이에 세상을 떠나게 된다.

앞의 시 「애너벨 리」는 아내가 세상을 뜬 뒤 아내 잃은 슬픔을 바탕에 깔고 창작된 시이다. 이런 시를 남기고 시인 자신도 2년 뒤에 아내 뒤를 따라 세상을 뜨다니! 죽음마저도 신비감을 더한다. 궁핍과 음주, 광기와 마약, 우울과 신경 쇠약으로 점철된 불운한 시인의 일생. 하지만 이런 시를 남김으로 그의 일생은 아름다운 일생으로 기억되게 하는 마력을 갖는다. 이러한 포를 생각하면 얼핏 우리나라의 이상(李箱)을 떠올리게 한다. 이상이 탁월한 시인이며 소설가였듯이 포 또한 그러했다. 무엇보다 두 사람의 공통점은 그 기박한 생애요 천재성이다. 그런데도 두 사람은 탁월한 문학적 성취를 일구어 냈다.

포의 문학은 미국에서보다 프랑스에 힘을 발휘했다. 프랑스 상징주의 발전에 지대한 영향을 주었다는 것이다. 이러한 점을 프랑스의 또 다른 천재 시인 샤를 보들레르(Charles-Pierre Baudelaire)는 이런 말을 남기기도 했다. "내가 쓰고 싶었던 것들은 모두 포의 글 속에 있었다." 『모르그가의 살인』, 『마리 로제 미스터리』, 『도둑맞은 편지』, 『황금 곤충』 등과 같은 그의 소설 작품은 현대의 추리 소설의 선구로 평가되고 있다.

이반 골

골짜기

목원에서
물망초를 꺾으려고 하니
발이 젖네요.

오얏나무는
슬픈 모양으로 서서 있네요.
자줏빛 눈물을 머금고.

암소가 있네요.
삼[麻]빛 머리칼의 가시내가 있네요.
고요한 나날 어리석은 생활.

이 시를 맨 처음 만난 것은 고등학교 다닐 때, 김춘수 시인이 편찬한 『사랑의 시 감상』이란 책을 통해서였다. 그 책에는 세계 여러 나라 시인들의 시들이 폭넓게 소개되어 있었다. 그 책은 문학에 뜻을 둔 젊은 세대들에게 매우 중요한 역할을 해 주었다.

이 시는 「알프스」를 노래한 시인의 세 편의 시 가운데 첫 번째 시. 시 속에 전원 풍경이 아주 아름답게 그려져 있다. 오늘날 언어 용법과는 달리 '목장' 이라고 하지 않고 '목원' 이라 번역했다. 그래서 더욱 정다운 느낌인가!

주인공은 모처럼 산속의 목장을 찾은 도회인이다. 물망초란 꽃을 발견하고 신기한 마음이 들어 꽃을 꺾으려고 했던 것이다. 그런데 목장의 생리를 잘 몰라 꽃은 꺾지도 못하고 그만 신만 물에 젖고 만 꼴이 되었다. 이런 낭패 앞에서도 주인공은 화를 내거나 속상해하지 않고 오히려 즐거워하면서 신기해하고 있다.

마치 어린아이의 천진성과도 같다. "발이 젖네요." 짐짓 남의 이야기를 하듯 하는 말투가 그것을 짐작하게 한다. 이러한 사람의 눈으로 볼 때 풍경은 저절로 선한 풍경이 되고 아름다운 풍경이 되도록 되어 있다. 평화가 깃들도록 되어 있다.

그 다음에 나오는 "자줏빛 눈물을 머금고" 서 있는 "슬픈 모양"의 "오얏나무"도 마찬가지고 "암소"도 마찬가지고 "삼빛 머리칼의 가시내"도 마찬가지다. 그러기에 시인은 마지막에 "고요한 나날 어리석은 생활"이라고 고백할 수 있는 것이다. '가시내' 란 처녀를 이르는 경상도 지방의 말. 역시 정겨운 느낌이 든다.

초등학교 시절부터 나는 스위스란 나라가 제일로 가 보고 싶은 나라였고 알프스(실은 산맥인데 어린 시절 나는 그걸 산이라고 알고 있었다)가 또 가장 그리운 산이었다. 지금껏 유럽 여행을 딱 한 번 한 일이 있지만 알프스도 보지 못하고 스위스도 또한 보지 못했다. 그래도 나는 별로 애달파하지 않는다. 사진이나 책으로 만나 볼 수 있는 일이기도 하려니와 이런 시를 통해서 마음으로 더욱 실감할 수 있기에 그렇다.

이반 골(Yvan Goll, 1891~1950)은 독일 출신 시인으로 프랑스와 독일 두 나라의 문단에서 활약했다. 시 이외로 소설과 평론도 썼는데 『로트링겐의 민요』, 『토르소』, 『새로운 오르페우스』 등 시집이 있고 표현주의적이고 초현실주의적인 시적 이미지를 추구한 독일의 작가로 '신화적인 이미지를 추구했으며 문체나 언어가 다양한 것이 특징' 이란 평을 받고 있다.

스위스에 머물 때 로맹 롤랑과 사귀면서 평화주의 그룹에 속했으며, 1939년 미국 뉴욕으로 망명했다가 1947년 파리로 돌아와 1950년 백혈병으로 죽었다.

고바야시 잇사

하이쿠

야 치지 마라 파리가 손으로 빌고 발로도 빈다

일본의 독특한 시가(詩歌)인 하이쿠. 하이쿠 시인으로 마쓰오 바쇼, 요사 부손을 말하면서 꼭 챙겨야 하는 시인이 바로 고바야시 잇사(小林一茶, 1763~1827)이다.

고바야시 잇사는 일본의 북쪽 눈이 많이 내리는 고장인 가시와바라(柏原)의 한 농부 아들로 태어났다. 그러나 어려서(세 살 때) 어머니를 여의고 새어머니 아래 구박받으며 서럽게 자랐다. 14세 때 조모마저 세상을 떠나자 이듬해에 에도(江戶)로 나아가 10년간 유랑 생활을 했다. 이때에 어려운 삶과 부대끼면서 하이카이(俳諧)를 익혔다.

39세 되던 해 여름, 아버지의 부음(訃音)을 듣고 고향에 돌아왔으나 새어머니와 이복형제들로부터 박대를 받았으며 아버지의 유산 문제로 10년 넘게 소송 문제에 휩싸여 마음고생을 많이 했다. 겨우 문제가 해결된 것은 52세 때. 늦게 결혼하여 3남 1녀를 낳았으나 연달아 죽고 61세 때 아내마저 잃었다. 엎친 데 덮친 격으로 집에 불까지 나 나중에는 불에 타다 남은 토광 속에서 살다가 65세를 일기로 세상을 마쳤다.

'고향이라고 만나는 사람마다 가시나무꽃' 은 부친 사후, 고향 방문 당시 새어머니와 이복형제들한테 당한 수모에 대한 작품이고, '자아 이것이 마지막 거처인가 눈이 다섯 자' 는 재산 문제가 해결되어 고향에 돌아왔을 때 눈 속에 깊이 묻힌 고향집을 보고 쓴 소회의 기록이다.

앞서 살핀 생애 부분에서도 보았듯이 잇사는 매우 특별한 인생 역정을 살았다. 가난했고 불행했다. 그러하므로 그의 하이쿠에는 인간과 생활이 적나라하게 드러나 있을 수밖에 없었으며 야성적인 심성이 그대로 표현된 작품이 많다. 정통적인 하이쿠에서 보이던 풍아(風雅)의 미를 버리고

속어, 지방어 등을 대담하게 구사하여 이른바 '잇사조(一茶調)'로 불렸다. 주관적인 작풍으로 특히 크고 강한 존재(사람, 동물)에 대한 반항과 야유가 강하고, 약하고 작은 존재에 대한 동정심이 강하다. 이것은 어쩌면 시인 자신 동병상련에서 오는 자연스런 심성의 발로였을 것이다.

'여윈 개구리 지지 마라 잇사가 여기에 있다', '아기 참새야 거기 비껴 거기 비껴 말 지나간다', '보릿가을에 아기 업고 정어리 파는 행상녀', '사람도 하나 파리도 한 마리네 넓은 응접실'과 같은 작품들이 모두 약자에 대한 동정심 내지는 응원, 호감 등을 표현한 작품들이다.

이러한 잇사의 작품들은 일찍이 서양에 번역되어 소개됨으로 좋은 평가를 받았다. 미국 시인 로버트 플라이(Robert Ply) 같은 이는 『바다와 꿀벌의 집』(1971)이라는 자기 시집에 잇사의 하이쿠 10편을 번역 수록하고 나서 "잇사는 세계에서 가장 위대한 개구리의 시인, 가장 위대한 파리의 시인, 그리고 아마도 가장 위대한 아동시의 시인이다."라고 극찬의 글을 남겼다. 그뿐 아니라 미국에는 하이쿠를 영어로 번역하고 그림을 넣어 만든 아동용 시화집이 몇 종 있는데 그 책 속에 가장 많이 인용되는 시가 잇사의 시라고 한다.

잇사는 평생 부지런히 시를 써 2만 구에 가까운 하이쿠를 남겼는데, 앞의 시는 잇사의 작품 가운데 가장 많이 알려진 작품이다. 주인공은 한 마리 파리. 그 파리 옆에 지은이 잇사가 있고 또 파리채를 들고 파리를 잡으려고 하는 또 한 사람이 있다. 그 사람에게 잇사가 말하는 것으로 되어 있다. 매우 다급한 목소리다. 그래서 명령어이다. 세상에 이보다 더 역동적이고 드라마틱한 글이 또 있을까! 그것도 단 일 행으로 말이다.

파리! 더러운 곳에서 살며 사람을 귀찮게 하는 해충. 그 파리를 보면 이상한 몸놀림을 하는 것을 알 수 있다. 앞발과 뒷발을 모아 싹싹 비비는 모양 말이다. 꼭 그것이 시인에게는 잘못했다고 살려 달라고 비는 것처럼 보인 것이다. 이 얼마나 기발하고 재밌는 착상인가! 그러니 파리채로 치지 말라는 것이다. 역시 약한 존재에 대한 잇사의 강한 유대감, 호감에서 나온 권면(勸勉)의 말이다.

잇사의 시에 오면 세상의 모든 천대받는 것들, 구박받는 것들, 버림받은 것들이 제대로 대접을 받고 서로 모여 정답게 대화를 하며 평등하게 어울리는 것을 본다. 참 별난 세계, 꽃 장엄 세상(화엄 세상), 또 하나 열린 아름다운 세상이다.

김정희

아내의 죽음을 슬퍼하며

어쩌면 저승에 가 월하노인에게 하소연해
다시 우리가 부부로 태어나 나란히 살다가
나 먼저 죽고 당신 천리 밖에 살아남는다면
그때에야 지금의 이 슬픔 당신은 아실 거외다.

무릇 세상의 일들이란 부질없고 덧없다. 그중에서도 인간과 인간의 만남과 헤어짐이 덧없고 사랑이 덧없고 슬픔 또한 덧없다. 우리가 누구를 만나 평생 동안 사랑하겠다는 다짐이 어찌 가당한 말이며 영원토록 헤어지지 말자는 약속이 어찌 지킬 수 있는 약속이었더란 말인가. 비록 인간이 그렇게 하고 싶어도 신이 그렇게 하도록 허락지 않아서 할 수 없는 일이다.

인간과 인간 사이에 가장 정답고 귀한 인연은 무엇일까? 부모와 자식, 형제자매, 친구, 친척, 이웃, 학창의 친구, 직장 동료, 애인. 아주 많은 관계의 그물망 속에서 아무래도 가장 소중한 인간관계는 부부의 관계가 아닌가 싶다. 흔히들 가까운 사람이 세상을 뜰 때 충격이 큰 순위를 배우자, 자식, 친구, 부모, 형제, 이웃의 순으로 말하는 걸 보면 짐작이 가는 일이다. 그처럼 부부의 인연은 소중한 인연이란 얘긴데 좋은 일에서보다 궂은 일에서 더욱 결속력이 생기고 상호 의존성이 높은 것이 부부 관계가 아닌가 싶다.

추사(秋史) 김정희(金正喜, 1786~1856) 선생. 조선 후기의 문신이며 서화가(書畵家), 문인, 금석문학자였던 분. 벼슬도 성균관대사성, 이조참판에 이르렀으며 특히 추사체란 독특한 서체(書體)로 당대뿐만 아니라 후세에 이름이 높은 분이다. 젊은 나이 24세에 중국 북경에 갔을 때 이미 그쪽의 석학들[완원(阮元) · 옹방강(翁方綱) · 조강(曹江)]과 만나 교유하였고 그들의 학문적 영향으로 실학 중심의 학문을 익혔으며, 함흥 황초령(黃草嶺)의 진흥왕 순수비(巡狩碑)를 고석(考釋)하고, 북한산 석비가 역시 진흥왕 순수비임을 밝혀내기도 했다. 특히 제주도 유배 시절에 제자

이상적(李尙迪)에게 정표로 그려 준 「세한도(歲寒圖)」가 두고두고 아름다운 이름으로 이야기되는 작품이다.

앞에서 밝힌 대로 추사 선생은 전인적인 인물로서 다방면에 능력이 출중한 분으로 시문에도 능해 다량의 글을 남겼다. 그 가운데 선생이 먼저 돌아간 부인을 위해서 쓴 시가 있어 애절한 마음을 오늘날까지 전하고 있다. 선생이 제주도로 귀양을 간 것은 선생의 나이 55세 때(1840년). 상관도 없는 한 정쟁 사건에 연루되어 그로부터 63세까지(1848년) 9년 동안 귀양살이를 하게 된 것이다.

귀양살이 3년째인 57세 되던 해(1842년) 12월 15일에 예산 본가에 있는 부인이 별세했다는 소식(부음)을 듣는다. 부인은 예안 이씨로 21세 때 첫째 부인 한산 이씨가 돌아가고 나서 3년 후에 다시 맞은 후처인데 이 둘째 부인과는 30여 년 금슬이 좋았다 한다. 그런데 그 부인이 건강이 좋지 않아 제주에서 귀양 살면서도 때때로 본가로 편지를 보낼 때면 부인 앞으로 언문 편지(諺文片紙, 한글 편지)를 따로 보내어 병든 부인을 생각하는 자상한 남편의 정성을 표현했다고 한다.

선생이 부인에게 마지막으로 보낸 편지는 부인이 세상 뜨고 7일째에 쓴 것이고, 그 앞에 보낸 것은 부인이 세상 뜨던 바로 그날에 쓴 편지였다고 한다. 그런데 정작 소식을 듣기는 일이 있고 나서 한 달이 지난 뒤의 일이었다니 귀양 사는 남편의 마음이 얼마나 기가 막혔을까? 나라의 법으로 묶인 몸이니 돌아가 마음 놓고 조상하고 슬퍼할 수도 없는 입장. 그 막막한 벼랑 끝 마음에서 우러나온 것이 앞에 적은 시이다. 전후좌우 정황이 이렇다 보니 절창이 아니 나올 수 없는 노릇이겠다.

흔히 죽은 사람을 위해 쓰여지는 시를 '만시(輓詩)'라 부른다. 이러한 만시 가운데 친구를 위한 시가 도붕시(悼朋詩)요, 먼저 간 자식을 위한 시가 곡자시(哭子詩)요, 죽은 아내를 위한 시가 도망시(悼亡詩)이다. 말하자면 추사 선생의 이 시는 도망시인 셈이다.

이 같은 슬픔과 절망 앞에 무슨 구구한 설명이 필요하겠는가. 그 진정성을 고스란히 우리 가슴으로 받아안으면 되는 일이다. 세상에서 가장 강한 것은 바로 진실이다. 또 진실함을 정으로 감싸 안은 진정성은 또 힘이 세다. 시도 진정성이 있는 시가 힘이 센 시이고 오래가는 시이다. 오죽 비교할 곳이 없고 하소연할 사람 없으면 저승에서 남녀의 인연을 주관하는 월하노인[月下老人, 시에서는 '월로(月老)']에게 부탁하여 다시 인간으로 태어나 살되 부인은 남편이 되고 자신은 아내가 되어 한평생 정답게 살면서 이번에는 부인이 자신처럼 천리 밖으로 귀양 가서 살고 자신은 집에서 살다가 오늘 부인이 죽은 것처럼 내가 먼저 죽게 된다면 그때에야 비로소 당신이(부인이) 나의 이 슬픔을 짐작하게 될 것이다,라고 표현했겠는가!

어디까지나 슬픔은 살아남은 자의 몫이요 그가 지고 가야 할 무거운 짐이기에 더욱 그러하지만 이러한 시로나마 아득한 먹물 같은 슬픔과 절망을 이겨 낸 추사 선생이야말로 참으로 아름다운 지성인이요 한 사람 참된 시인이었다 할 일이다. 원시와 제목은 다음과 같다.

나장월로송명사(那將月老訟冥司)/ 내세부처역지위(來世夫妻易地爲)/
아사군생천리외(我死君生千里外)/ 사군지아차심비(使君知我此心悲)

— 김정희(金正喜), 「근지배소만처상(謹識配所輓妻喪)」

항우

우여 우여

기운은 산을 뽑을 만하고 기개는 세상을 덮었으나
때가 좋지 않아 오추마조차 멈칫거리네.
오추마조차 꼼짝 않으니 난들 어찌하리!
우여, 사랑하는 우여, 너를 어찌하면 좋단 말이냐!

어려서부터 여름날이면 나무 그늘이나 평상 위에서 어른들이 장기놀이를 하는 것을 자주 보아 왔다. 장기에는 '궁(宮)' 이라 칭하는 말이 있다. 장기 가운데 가장 큰 말이요 중요한 말이다. 만약 궁이 피할 수 없게 되면 장기에서 지도록 되어 있다.

궁이란 말은 양편에 하나씩 있는데 거기에 새겨진 글씨가 '초(楚)' 와 '한(漢)' 이다. 이러한 장기의 말 가운데 한은 한나라의 유방을 이르는 글자이고 초는 초나라의 항우(項羽, B.C.232~B.C.202)를 이르는 글자이다. 오늘날 장기는 중국의 고사(故事)로부터 비롯된 놀이 기구이다. 그만큼 연원이 깊다 할 것이다.

항우는 유방과 함께 진나라 말기에 군사를 일으켜 각기 초나라와 한나라를 세우고 천하의 패권을 다툰 무장이다. 엎치락뒤치락 자주 맞붙어 싸우다가 끝내 유방이 승리하고 항우가 져서 자결하는 것으로 대미가 끝나게 된다. 그 마무리 부분에서 항우가 불렀다는 노래가 바로 「해하가(垓下歌)」이다.

항우는 본명이 적(籍)이고 우(羽)는 자인데 본래 초나라 명문 호족 집안에서 태어나 어려서부터 둘도 없는 호걸로 자랐다. 그에게는 오추마(烏騅馬)란 이름의 '검은 털에 흰 털이 섞인 천하의 명마' 가 있었고 우희[虞姬, 우미인(虞美人)]란 이름의 아름다운 아내가 있었다. 세 번째 맞은 부인이었다.

그런데 한나라 유방의 군사와 싸워 8천 명이나 되는 군사를 모두 잃고 해하(垓下)란 절벽 앞에 이르러 앞으로 나아갈 수도 뒤로 물러날 수도 없는 절체절명의 순간을 맞는다. 이에 항우는 자신의 장수들과 마지막 주연을 베풀고 마지막 결전을 앞둔 비장한 심정으로 「해하가」를 불렀다 한다.

"기운은 산을 뽑을 만하고 기개는 세상을 덮었으나"는 자신의 과거 용맹스러웠던 모습에 대한 회상이요, "때가 좋지 않아 오추마조차 멈칫거리네."는 현재의 입장을 표현한 대목이며, "오추마조차 꼼짝 않으니 난들 어찌하리!"는 절망의 노래이며 벼랑 앞에 다다라 울부짖는 한 영웅의 통곡이다. "우여, 사랑하는 우여, 너를 어찌하면 좋단 말이냐!"는 역시 패장 항우의 한없이 구슬픈 탄식이다.

그가 진정 한 사람 무인이라면 절체절명의 위기를 맞아 비상한 각오를 하지 않을 수 없었으리라. 우리나라의 경우, 백제 계백 장군이 이 대목에서 떠오른다. 나당 연합군과의 결전에 앞서 스스로 가족들의 목을 베고 적진에 나선 슬픈 무장 계백. 이미 기운 전세 앞에 전쟁 이후에 당할 가족들의 수모를 미리 감안하여 그리했을 것이란 짐작이지만 이것은 참으로 기가 막히는 일이다. 항우 또한 불리한 전세 앞에서 우미인을 베고 싶은 심정으로 이런 노래를 불렀으리라.

우미인은 또 누구인가? 역시 항우의 여자답게 절창의 노래와 함께 최후의 길을 스스로 결정한다. "한나라 병사들이 이미 모든 땅을 차지했고(漢兵已略地)/ 사방에서 들리느니 초나라 노래뿐인데(四方楚歌聲)/ 대왕이 뜻과 기운을 다하였으니(大王意氣盡)/ 미천한 제가 어찌 살기를 바라겠나이까?(賤妾何聊生)" 우미인은 이 노래와 함께 항우의 칼을 빼어 자진(自盡)하고 만다. 최후의 결전을 앞둔 항우에게 걸림돌이 되지 않게 하기 위해서였을 것이다.

우미인이 자진한 뒤, 항우는 가까스로 오강(烏江)에 다다랐으나 전의를 잃고 "강동으로 돌아가 재기하라"는 정장(亭長)이란 사람의 충고를 듣지 않고 배를 띄워 추격해 온 유방의 군사와 결전을 펼치다가 마지막 순간에 이르러 자신의 칼로 자결함으로 최후를 맞는다. 그때 항우의 나이 겨우 31세. 주인이 죽자 애마인 오추마 또한 배 위에서 강물로 뛰어들어 함께 죽음을 택하고 천하는 한나라의 유방에게 돌아가고 말았다는 이야기다.

왜 항우는 정장이란 사람의 말대로 강동으로 돌아가 충분히 재기할 수도 있었는데 그렇게 비장한 최후를 맞았을까? "많은 젊은 군사를 잃고 고향에 돌아가 어떻게 그들의 부모를 만나겠는가? 만약 그들이 용서해 준다 한들 내가 나 자신을 용서할 수 없다."는 것이 항우의 마지막 변이다. 그렇다면 그러한 각오를 갖도록 해 준 것은 무엇일까?

역사책 어디에도 없는 이야기지만 우미인이 자진한 것이 가장 큰 요인이 되지 않았을까? 항우에게 있어 사랑하는 사람과 함께하지 못하는 세상이라면 아무런 가치도 없는 세상이었을 것이다. 인간에게는 누구나 그 최후의 모습이 완성의 의미로서 중요하다. 영웅의 최후를 영웅의 최후답게 완성시켜 준 것은 역시 우미인의 자진이란 생각이다. 자신의 자진으로 하여금 항우의 자결을 유도함으로 사랑하는 사람의 최후를 욕되지 않게 만들어 준 우미인이야말로 진정으로 항우를 사랑한 최후의 일인이 아니었을까? 이 대목에서 우미인의 사랑의 힘이 항우로 하여금 결코 비굴하지 않고 장쾌한 영웅다운 최후를 맞이할 수 있도록 만들어 주었을 것이란 유추가 생긴다.

이러한 이야기 어름에서 우리는 '역발산기개세(力拔山氣蓋世)' 라든지 '사면초가(四面楚歌)' 란 말들이 유래되었음을 알고 중국 연극의 대명사이기도 한 경극 「패왕별희(霸王別姬)」도 가능하였음을 알게 된다. 기원전 한 사내의 인생 드라마가 오늘날에도 무대 위에서 되풀이되고 있고 『초한지(楚漢志)』란 고대 대하소설 속에서 숨 쉬고 있고, 여름날 할 일 없는 사람들의 장기 놀이 속에도 살아 있는 것이다. 「해하가」 원문은 다음과 같다.

> 역발산혜기개세(力拔山兮氣蓋世)/ 시불리혜추불서(時不利兮騅不逝)/
> 추불서혜가내하(騅不逝兮可奈何)/ 우혜우혜내약하(虞兮虞兮奈若何)
>
> — 항우(項羽), 「해하가(垓下歌)」

황진이

꿈길에서

그리워라, 만날 길은 꿈길밖에 없는데
내가 님 찾아 떠났을 때 님은 나를 찾아왔네
바라거니, 언제일까 다음날 밤 꿈에는
같이 떠나 오가는 그 길에서 만날 수 있기를.

우리나라 역사 가운데 가장 이름이 높은 여성 세 사람을 든다면 누구누구가 될까? 개인적인 의견을 전제로 말한다면 첫째가 선덕 여왕(제왕), 둘째가 신사임당(사대부집의 여인), 셋째가 황진이(예술인 또는 기생)가 아닐까 싶다.

정말로 조선사 500년 동안 황진이만큼 인기 있고 매력 있는 여성이 또 있었을까? 황진이의 존재야말로 폭발적인 이미지를 지녔다 할 것이다. 마땅히 남정네 신분으로 태어난 사람이라면 누구든 가슴 설레는 마음으로 떠올리는 이름, 황진이!

황진이란 이름은 그 어떤 독한 술보다도 사람을 취하게 하고, 그 어떤 아리따운 꽃보다도 사람을 혹(惑)하게 한다. 황진이란 이름은 가히 마약과 같다. 아니 그 이상이다. 그것은 예전에만 그런 게 아니고 오늘날까지도 그렇다.

봉건 사회요 성리학을 정신적 푯대로 삼았던 조선 사회. 오직 남성들만 행세하던 세상. 그 한복판에 황진이란 꽃이 피어난 것은 참으로 기이한 현상이다. 이해가 되지 않는 일이다. 황진이를 따라다닌 인간들, 황진이와 그렇고 그랬던 인간들, 그들은 모두가 그 시대 중심 부분에서 살던 위인들이 아니었던가.

그것은 그들의 이름이나 행적만으로도 대번에 알 수 있는 일. 황진이의 시조 "청산리 벽계수(碧溪水)야 수이 감을 자랑 마라/ 일도창해(一到蒼海)하면 다시 오기 어려워라/ 명월(明月)이 만공산(滿空山)하니 쉬어간들 어떠리."에 나오는 벽계수[최근 세종의 증손인 이종숙(李終叔)이라는 연구 결과가 나왔다]. 황진이의 한시 「소판서를 보내며(奉別蘇判書世讓)」

에 이름을 올린 판서 소세양(蘇世讓). 황진이로 하여금 불후(不朽)의 시조 “동짓달 기나긴 밤을 한허리를 베어 내어/ 춘풍 이불 아래 서리서리 넣었다가/ 어른님 오신 날 밤이면 구비구비 펴리라.”를 쓰게 했다고 전하는 선전관(宣傳官)이며 당대 명창이었던 이사종(李士宗). 이사종은 황진이와 더불어 자신의 집에서 3년, 황진이 집에서 3년, 도합 6년을 함께 살기로 약조하고 이를 철저히 지킨 다음, 깨끗이 갈라섬으로 오늘날로 보아서는 계약 결혼을 실천한 인물이다.

뿐이랴. 30년을 두고 면벽참선한 보람도 없이 한순간 기생의 미모에 홀려 파계한 지족선사(知足禪師). 비록 사제의 인연이었으나 “마음이 어린 후니 하는 일이 다 어리다/ 만중운산에 어느 임 오랴마는/ 지는 잎 부는 바람에 행여 그인가 하노라.”라는 시조를 남긴 화담(花潭) 서경덕(徐敬德). 평양감사 벼슬길에 황진이 무덤을 지나면서 “청초 우거진 골에 자느냐 누웠느냐/ 홍안을 어디 두고 백골만 묻혔느냐/ 잔 잡아 권할 이 없으니 그를 슬퍼하노라.”라는 시조를 읊었다가 그만 평양감사에서 떨려 나간 백호(白湖) 임제(林悌) 같은 이는 심지어 황진이가 이미 세상을 뜨고 나서의 사람이다.

이 같은 얼빠진 일군의 남정네들을 오늘에 이르러 우리는 일방적으로 핀잔만 할 것인가? 우리라고 황진이란 이름 앞에서 과연 의연할 수 있을 것인가? 무릇 남자 신분인 사람치고 황진이란 이름 앞에 마냥 끝까지 꼬장꼬장할 수만은 없는 일.

황진이는 그 출생 연대나 사망 연대조차 확실치 않고 그 집안의 내력조차 이견이 분분한 인물이다. 어쩌면 전설 속 사람 같다고나 할까. 대충 조선조 중종 임금과 명종 임금 사이에 살았을 것이란 짐작이 있을 뿐이다. 그러나 그가 빼어난 미모를 지닌 기생이었으며 시인이었다는 것만은 분명한 사실이다. 어찌나 유명했던지 후세 사람들은 그 황진이를 박연폭포, 서경덕과 더불어 송도삼절(松都三絕)로 칭하기까지 했다.

시인으로서 황진이는 우선 절창의 시조를 여러 편 남겼지만 빼어난 한시도 여러 편 남겼다. 앞의 시가 바로 그녀가 남긴 칠언절구 가운데 한 편이다. 이 시는 또 김소월의 스승인 안서 김억에 의해 번역되어 현대인들에게 소개되었고 김성태 작곡가에 의해 가곡으로 작곡되어 널리 퍼진 노래가 되었다. 원시와는 많은 차이가 있지만 그 골격만은 비교적 유지되어 있어 인간의 애간장을 다 녹인다.

한낮에 깨어 있는 목숨으로는 도저히 사랑하는 임을 만날 수 없어 밤에 잠들어 꿈속에서나 만날 수 있을까 싶어 꿈길로 임을 찾아갔더니, 글쎄 그 임은 나를 찾아 길을 떠난 뒤라서 만날 수 없었다는 사연이다. 꿈속에서조차도 만날 수 없는 임이 얼마나 그립고 야속했을까? 그래서 노래의 주인공은 이다음엘랑은 이쪽에서도 저쪽에서도 동시에 꿈을 꾸고 꿈속에서도 함께 길을 떠나, 가는 도중에나 만나자는 소망을 세우는 것이다. 이 얼마나 애달프고 어이없는 꿈이겠나!

아, 야속함이여. 사랑의 막막함이여. 그토록 그것을 잘 알면서도 우리는 사람으로 태어나 그 안타깝고 가슴 아픈 사랑을 거푸거푸 하고 있음이여. 황진이, 그는 우리가 영원히 풀지 못할 숙제 같은 여인이다. 차라리 처음부터 몰랐으면 좋았을 이름이다.

＊번역시

꿈길밖에 길 없는 우리의 신세(身勢)/ 임 찾으니 그 임은 날 찾았고야./
이 뒤엘랑 밤마다 어긋나는 꿈/ 같이 떠나 노중(路中)서 만나를지고.

— 김억 번역, 「꿈」

＊원시

상사상견지빙몽(相思相見只憑夢)/ 농방환시환방농(儂訪歡時歡訪儂)/
원사요요타야몽(願使遙遙他夜夢)/ 일시동작로중봉(一時同作路中逢)

— 황진이(黃眞伊), 「상사몽(相思夢)」

＊참고 삼아 작곡가 김성태 씨에 의해 작곡된 가곡 「꿈」의 가사를 적으면 다음과 같다.

꿈길밖에 길이 없어 꿈길로 가니
그 님은 나를 찾아 길 떠나셨네
이 뒤엘랑 밤마다 어긋나는 꿈
같이 떠나 노중에서 만나를지고

꿈길 따라 그 임을 만나러 가니
길 떠났네 그 임은 나를 찾으러
밤마다 어긋나는 꿈일 양이면
같이 떠나 노중에서 만나를지고.

라빈드라나트 타고르

연꽃 피는 날이면

아, 연꽃이 피는 날이면, 슬퍼집니다.
제 마음 길을 잃고 헤매이니 이를 어찌하면 좋겠습니까.
광주리는 비었건만 돌아보는 이도 없는 채 꽃은 남아 있나이다.
오직 슬픔만이 가끔 이 몸에 닥쳐와 꿈에서 놀라 일어나면
남풍을 타고 불어오는 이상한 향기의 달콤한 흔적만이 느껴집니다.
이 어렴풋한 달콤한 향기가 그리움으로 내 가슴을 아프게 하니
이는 여름이 뜨거운 숨길의 완성을 찾는 것이라고 생각될 뿐이옵니다.
이때에도 제 몸은 그렇게 가까이 있는 줄은 몰랐고,
또 그것이 제 것이며 이 완전한 향기가 제 가슴
한 바닥에 피었을 줄은 몰랐나이다.

외국 시인으로 일찍 우리에게 얼굴을 익힌 시인 가운데 한 사람이 바로 인도의 시인 라빈드라나트 타고르(Rabindranath Tagore, 1861~1941)이다. 타고르는 세계적으로 너무나도 유명한 시인이다. 동양인으로서는 제일 먼저 노벨문학상의 영광을 안은 시인. 간디나 네루와 더불어 근대 인도 독립과 자존의 초석을 놓았던 정신적 지주 가운데 한 분. 그런데 그가 노벨문학상을 탈 수 있었던 것은 인도를 식민지 삼았던 영국에 유학한 덕이요 또 그 자신 영어를 잘 알아 영어로도 시를 썼을뿐더러 영어권 시인들(가령 예이츠 같은 시인)과의 친교가 도왔다는 건 아이로니컬한 일이기도 하다.

타고르가 이렇게 우리나라 사람들의 뇌리에 깊이 각인된 데에는 아마도 그가 우리나라와 비슷한 처지의 식민지 백성으로서 독립을 잃고 신음하는 우리나라 사람들을 위해 두 번씩이나 시를 써 준 이유에서일 것이다. 한 번은 최남선의 요구에 의해 3 · 1운동이 실패로 돌아간 직후에 쓴 「패자의 노래」요, 또 한 번은 1929년 그가 일본을 방문했을 당시 『동아일보』의 한 기자[『동아일보』 도쿄 지국장 이태로(李太魯)]로부터 한국을 방문해 줄 것을 요청받았으나 그럴 수 없었음을 미안하게 생각하면서 써 준 넉 줄짜리 「동방의 등불」이란 시이다.

이 시는 시인 주요한의 번역에 의해 1929년 4월 2일자 『동아일보』에 발표되었는데 그 내용은 이러하다. "일즉이 亞細亞의 黃金時期에/ 빛나든 燈燭의 하나인 朝鮮/ 그 燈불 한번 다시 켜지는 날에/ 너는 東方의 밝은 비치 되리라/ 一九二九. 三. 二八 라빈드라낫. 타고아"(In the golden age of Asia/ Korea was one of its lamp bearers,/ And that lamp is waiting to be lighted once again/ For the illumination in the East.)

라빈드라나트 타고르의 이력에 대해서는 구구하게 설명할 필요가 없을 정도다. 시인, 독립운동가, 사상가, 교육가, 화가 등 모든 이름을 합쳐야 타고르의 전인격이 완성되는 그는 매우 다면적이며 전인적인 인물이다. '벵골 문예 부흥의 중심이었던 집안 분위기 탓에 일찍부터 시를 썼고 16세에는 첫 시집 『들꽃』을 냈다' 니 더 말할 것이 없는 일일 터. 1913년 노벨문학상을 탄 작품은 『기탄잘리』이다. '기탄잘리' 란 '신에게 바치는 송가(頌歌)' 란 뜻이다.

옮겨 온 시 역시 예의 그 『기탄잘리』 속에 들어 있는 한 편이다. 『기탄잘리』는 153편으로 구성된 장시 형태의 시집인데 이 안에 우리가 좋아하는 시들이 많이 들어 있다. 일찍이 양주동 선생 번역으로 고등학교 교과서에 실렸던 「바닷가에」도 『기탄잘리』 60번의 시이다. 한용운 선생이나 신석정 선생이 젊은 시절 즐겨 읽었을 듯싶은 시 「님은 나를 영원케 하셨으니」는 1번 시요, 「님이 내게 노래하라 그러시면」은 2번 시이다.

『기탄잘리』 스무 번째 시인 앞의 시는 참 아름답고도 순결한 시이다. 가슴이 콱 막히도록 정신의 향기가 느껴지는 시이다. 아, 이런 시가 있었다니! 이런 시를 진작 알지 못했다니! 그러나 지금이라도 알았고 지금이라도 읽었으니 진정 좋지 않으신가? 시는 그 무엇으로도 설명되지 않는다. 다만 느껴질 뿐이고 전달될 따름이다. 더욱이나 분석되거나 해석되지는 않는다. 그렇다고 말하는 사람이 있다면 그 말은 거짓말일 뿐이다.

왜 시인은 "연꽃이 피는 날이면, 슬퍼"졌을까? 모를 일이다. 그런 날에 왜 시인은 "길을 잃고 헤매"였을까? 그 또한 알지 못할 일이다. 할 수만 있다면 우리 자신도 시인처럼 빈 광주리를 하나 들고 연꽃이 피어 있는 연못가를 한 바퀴, 두 바퀴 돌아보는 일이 좋을 것이다. 누가 있어 정신 나간 사람이라고 손가락질을 해댄대도 어쩔 수 없는 노릇. 이제 남풍이 불었고 꽃도 피었으니 태양의 고도가 더 높아지고 따뜻해지면 연꽃이 피는 계절도 찾아올 것이다.

연꽃이 피는 계절만 생각해도 가슴이 벅차오른다. 아, 살아 있음의 감사여. 우리도 경건한 마음으로 노래하자. 인생을 노래하고 태양을 노래하고 연꽃을 노래하고 사랑을 노래하자. 아까부터 당신이 앞에서 웃고 계셨군요. 아, 나에게 당신은 얼마나 감사한 사람인지요!

마쓰오 바쇼

하이쿠

낡은 못이여 개구리 뛰어드는 퐁당 물소리

마쓰오 바쇼(松尾芭蕉, 1644~1694)는 일본의 하이쿠 시인 가운데 가장 위대한 시인이다. 20세기 초부터 구미 각국에 시가 번역 · 소개되어 세계적인 시인으로 알려졌다. 평생 동안 여행을 즐긴 방랑의 자연 시인이며, 후세에 하이쿠의 성인[俳聖]으로까지 추앙받고 있는 시인이다.

하급 무사의 아들로 태어난 그는 19세경 집을 나와 하이카이(俳諧)를 익혔다. 그러나 종래의 단린파(談林派)의 천박한 해학과 재기 중심의 조작적인 하이카이에 염증을 느끼고 암자에 은거하며 명상과 함께 중국 시인들(두보, 백거이, 소동파)의 시풍에 심취했다. 그 무렵 한 제자가 암자에 파초를 심었는데 사람들이 보고 그를 바쇼(芭蕉)라고 불러 그때부터 시인의 이름이 되었다.

4년여 암자 생활을 청산한 뒤, 일생 동안 독신인 채 방랑과 여행으로 일관하며 살았다. 이 과정에서 여러 편의 기행문을 남겼는데 7개월간의 동북 지방 여행기인 『오쿠로 가는 작은 길』이 유명하다. 오늘날에도 하이진(俳人) 지망생이나 여행가들이 그의 종적을 좇아 답습 여행을 할 정도로 사랑받고 있다.

그의 하이쿠는 매우 선적(禪的)이며 인생과 자연의 오의(奧義)를 담고 있어 하이쿠 사상 최고봉을 이루고 있다. 많은 제자들의 추종을 받아 쇼후(蕉風)란 하이카이의 경향을 창립했다. 나가사키(長崎)로 가던 도중 오사카(大阪)에서 객사했는데 마지막으로 남긴 구가 '방랑에 병들어 꿈은 겨울 들판을 헤매이누나.' 이다.

앞의 하이쿠는 '한적함이여 바위에 스며드는 매미의 소리' 와 함께 바쇼의 하이쿠를 특징짓는 걸작인 동시, 시인적 명성을 세계적으로 알린 작품이다. 개구리는 하이쿠에서 자주 등장하는 여름을 나타내는 계어(季語, 계절 언어).

바쇼 이전의 개구리는 모두가 소리 내어 우는 개구리였다. 그러나 바쇼에 와서 뛰어드는 개구리가 되었다. 말하는 개구리에서 묵언의 개구리로 바뀐 것이다. 그 대신 연못으로 하여금 말을 시키고 있다. 이렇게 개구리가 말을 하지 않고 연못이 말을 함으로써 두 개 자연물의 어울림이 생기고 평화로운 세계가 열린다.

개구리도 여러 마리가 아니고 오직 한 마리이다. 그러기에 물에 뛰어드는 개구리의 소리가 더욱 선명하다. 차라리 개구리가 연못에 뛰어들면서 내는 소리는 연못의 숨소리이고 대자연과 우주의 맥박이다.

퐁당! 물소리로 일단은 고요가 깨진다. 그러나 단발로 끝나는 이 퐁당 소리로 해서 그 다음엔 더욱 커다란 고요의 세계가 준비된다. 이것이 고요를 더욱 깊어지게 하는 묘미이다. 만약 개구리가 뛰어드는 소리가 없었다면 어떠했을까? 그것은 고요가 아닌 적막 그 자체였을 것이다.

퐁당! 그 물소리는 순간의 소요로 하여 영겁의 고요를 안내하는 메신저로서의 물소리이다. 바쇼는 이 한 소절의 물소리로써 영원히 이름이 지워지지 않는 일본의 하이쿠 시인이 되었고, 세계적 시인이 되었다.

조이스 킬머

나무

나무처럼 사랑스런 시를
이전에는 보지 못했네.

단물이 흐르는 대지의 젖가슴에
목마른 입술을 대고 있는 나무,

온종일 하느님을 바라보며
잎이 무성한 팔을 들어 기도하는 나무,

여름에는 제 머리칼에
지빠귀 새 둥지를 틀게 하고

눈이 내리면 안아 주며
여름비하고도 친하게 지내는 나무,

시는 나 같은 바보가 쓰지만
나무를 기르는 건 오직 하느님뿐이시네.

결코 오래전에 알았던 시가 아니다. 시인도 그렇다. 우연한 계기에 시인의 이름과 시를 만났다. 언제든 좋은 시는 출렁, 물이 되어 넘치듯 대번에 좋아지게 마련이다. 마음속으로 들어와 빈 공간을 채우기 마련이다. 이 시도 그랬다.

매우 단조로운 구조와 쉬운 언어로 짜여진 시이다. 그러나 시인의 목소리만은 매우 맑고 단호하고 시인의 마음 터전은 웅숭깊다. 정말로 나무에 대해서, 나무의 본성에 대해서 이보다 분명하게 표현한 문장이 어디 또 있을까, 싶다.

진정 그가 뛰어난 감성을 지닌 시인이라면 나무에 대한 시, 아름다운 시를 한 편이라도 쓰고 싶었으리라. 그러나 이 시를 만난 다음이라면 나무에 대해서 시를 쓰겠다는 생각을 아예 포기하고 말리라. 그렇게 이 시는 나무에 대한 시로서 전무후무 완결편이다.

나무를 '사랑스런 시'라고 보는 것부터가 매우 탁월하고 아기 같은 발상이다. 그렇다! 시란 노인의 마음과 아기의 눈으로 세상을 보는 것이다. 그렇다면 그 다음은 술술 풀리게 되어 있다.

목마른 아이로서의 나무다. 팔을 들고 기도하는 사람으로서의 나무다. 새와 눈과 비를 안아 주는 모성으로서의 나무다. 이런 나무를 어찌 시인이 기른단 말인가?

그러니 시는 자기가 쓸 테니 나무는 하느님더러 기르시라고 슬쩍 자리를 양보하는 것이다. 겸손이고 진실이다. 참된 삶의 실체를 본 사람만이 도달한 매우 정갈하고 부드럽고 따뜻하기까지 한 세계다. 기도이며 찬송이다. 그 어떤 기도보다 기도이고 그 어떤 찬송보다 찬송이다.

지은이 조이스 킬머(Joyce Kilmer, 1886~1918)는 미국의 시인. 러트거스대학과 컬럼비아대학에서 공부한 것으로 기록되어 있다. 1911년에 아일랜드 시인들 영향으로 첫 시집 『사랑이 무르익을 때(Summer of Love)』를 내었고, 가톨릭으로 개종한 다음에는 형이상학적인 시를 썼다.

앞의 시 「나무」는 1913년, 잡지 『포에트리(Poetry)』에 발표되었다. 1차대전 중 전사하였고 사후에 프랑스 무공십자훈장(Croix de Guerre)을 받았다. 시인의 생애는 32세. 남긴 시가 모두 32편이라니 이것 또한 신비한 기록이다.

이백

산중에서 술을 마시며

두 사람이 마주 앉아 술을 마시노라니
산에는 꽃이 피네.

한 잔, 한 잔,
다시 또 한 잔.

내 취해서 자야 하겠으니
벗이여 그대는 이만 돌아가시게.

혹시 생각나거든 내일 아침
거문고 안고 다시 오시게나.

"달아 달아 밝은 달아/ 이태백이 놀던 달아……." 이것은 우리가 어려서 어른들로부터 배워서 불렀던 「달 노래」란 전래 동요이다. 오죽했으면 이런 노래 속에서조차 이태백(李太白)의 이름이 등장하고 있을까. 그만큼 우리나라 사람들의 정서 속에 이태백이란 시인이 친근하다는 뜻일 터이다. 이태백. 실은 이백(李白, 706~762)이 본명이고, 태백은 그의 자(字)이다. 호는 청련(靑蓮). 자호(自號)는 취선옹(醉仙翁)이다. 두보(杜甫)와 더불어 성당(盛唐) 시대의 가장 큰 시인이다. 어쩌면 동서고금을 통틀어 최고의 시인이라 말해야 옳을지 모르겠다.

평생을 자연 경개를 섭렵하면서 술과 함께 시와 함께 호방하게 살았다. 그가 장안 시중의 술집에서 만취해 있을 때 현종이 침향정(沈香亭)에서 양귀비와 놀면서 이구년(李龜年)을 시켜 시인을 불러 시를 짓게 했는데 취중에도 「청평조(淸平調)」란 명편 3수를 지어 현종에게 바쳐 임금과 양귀비를 크게 기쁘게 했다는 일화는 유명하다.

그러나 이백은 시절을 잘못 만난 지식인이요, 진실로 자신을 알아주는 군주를 만나지 못한 불행한 신하이다. 이러한 시인을 하지장(賀之章)은 '하늘나라에서 귀양 온 신선'이란 뜻으로 '적선인(謫仙人)'이라고 이름 지어 불렀는데 결국은 56세의 나이로 유랑 길에 세상을 마쳤다. 전설에 의하면 채석강(采石江)에서 술에 취해 물속에 잠긴 달을 잡으러 들어갔다가 물에 빠져 죽었다는데 이런 데서도 시인의 낭만성이 강조된다 하겠다.

이백의 시는 실로 다양하다. 형식에 있어서 길고 짧은 시가 있고, 내용으로 보더라도 웅혼한 시가 있는가 하면, 간드러진 여성의 목소리가 들어간 시가 있다. 소재를 보더라도 술, 달, 인간의 정한과 사랑, 자연의 아름다움, 변방의 풍광 등, 그 진폭이 매우 넓다.

짧은 시 한 편을 고르고자 했으나 쉽지 않았다. 이 시를 고르면 저 시가 더 좋아 보이고 그랬던 것이다. 「춘사(春思)」, 「송우인(送友人)」, 「정야사(靜夜思)」, 「원정(怨情)」, 「산중문답(山中問答)」 등…….

그러다가 끝내 고른 것이 앞의 시 「산중대작(山中對酌)」이다. 시절은 봄. 두 사람이 산속에서 마주 앉아 술잔을 기울이고 있으면 산에는 저절로 꽃이 피어난다. 두 사람 모두 두주불사인가 보다. 한 잔, 한 잔, 다시 한 잔. 끝없이 마시는 술이다.

'일배일배부일배(一杯一杯復一杯)'란 말은 우리나라 민요 「창부타령」의 가사에 나오는 대목이다. 이것만 보아도 우리가 중국의 고전으로부터 얼마나 자유스럽지 못한가 하는 것을 알려 주는 증거라 하겠다.

거나하게 취한 두 사람. 한 사람(주인, 나)이 취해 자겠다고 말하면서 다른 한 사람(그대, 손님)에게 이만 돌아가기를 청한다. 그러나 그 말은 결코 축객(逐客)의 말로 들리지는 않는다. 그만큼 두 사람은 임의로운 사이이고 세상의 예의나 법도를 떠난 인간적인 관계였던 것이다.

그러면서 당부의 말을 잊지 않는다. "자네, 내일도 생각나거든 거문고 안고 다시 술 마시러 오시게나." 실로 이태백다운, 천하에 둘도 없는 풍류 남아다운 배포와 멋의 세계이다. 시의 원문은 다음과 같다.

양인대작산화개(兩人對酌山花開)/ 일배일배부일배(一杯一杯復一杯)/
아취욕면군차거(我醉欲眠君且去)/ 명조유의포금래(明朝有意抱琴來)

— 이백(李白), 「산중대작(山中對酌)」

이중섭

소의 말

높고 뚜렷하고
참된 숨결

나려 나려 이제 여기에
고웁게 나려

두북두북 쌓이고
철철 넘치소서.

삶은 외롭고
서글프고 그리운 것

아름답도다 여기에
맑게 두 눈 열고

가슴 환히
헤치다.

이중섭(李仲燮, 1916~1956)은 우리가 잘 알다시피 민족 화가로 평가되는 화가다. 생애의 말년이 지극히 비극적이었던 분이다. 평안남도 평원에서 태어나 평북 정주의 오산고등보통학교에서 공부하며 그림에 눈을 떴고 일본에 유학, 서양화 공부를 하면서 일본 여인[마사코, 한국명 이남덕(李南德)]을 만나 사랑하고 고향에 돌아와 결혼했다(1945년 5월). 잠시 행복했으나 6 · 25 전쟁이 일어나 가족과 함께 부산으로 피난했다가 다시 제주도로 건너가 서귀포에 잠시 살기도 했다(1951년).

서귀포에 살면서 피난민에게 주는 배급과 고구마로 연명하는 한편 게를 잡아 반찬을 삼았다 한다. 전부터 소 그림을 좋아했는데, 이 시절 소 그림에 다시 열중했다고 한다. 그러나 그런 제한된 평안도 잠시. 이중섭 일가는 부산으로 다시 거처를 옮기고 이듬해(1952년) 부인과 두 아들이 일본으로 건너간 후 화가는 혼자가 되어 가족을 그리면서 수없이 많은 편지와 엽서 그림을 그려 가족에게 부치면서 견디다가 결국 영양실조와 간염으로 오로지 홀로 세상을 떠난다(1956년).

천재적인 화가. 그렇지만 그는 일본과 한국, 6 · 25 전쟁의 틈바구니에서 희생된 제물이라 할 것이다. 분명 세상을 한발 앞서서 살았기에 불행했던 예술인이었다. 그렇지만 그 예술의 정신만은 지극히 드높았던 인물이었다. 오늘날 그가 잠시 머물렀던 제주도 서귀포시에 '이중섭 거리' 가 지정되고 이중섭미술관이 세워졌다는데 그의 불행했던 생애와 지극히 아름다운 미술 세계에 얼마만한 위로와 도움이 될까.

이중섭은 결코 시인이 아니다. 그렇지만 서귀포에서 살 때, 그러니까 다시 소 그림에 열중할 때 이런 시를 자기 방에 써서 붙여 놓고 보았다고 한다. 그걸 함께 살던 조카(이영진 씨)가 외워 두었다가 세상에 전한 내용이다. 그림의 격이 높은 것처럼 시의 격도 높다. 맑고 깨끗한 기운이 절로 돈다. 시의 앞과 뒤는 소에 관한 느낌이거나 소묘다. 그렇지만 중간에 보이는 "삶은 외롭고/ 서글프고 그리운 것"이란 구절은 이중섭의 인생철학이다.

아, 그 이중섭! 만난 적 없지만 누구에게나 그리운 사람! 오늘날 우리네 삶도 여전히 외롭고 서글프고 그립답니다.

허초희

연밥을 따며

가을 맑은 호수 물 옥돌 빛으로 흐르는데
연꽃 피는 깊은 곳에 난초 배 매어 놓고
당신 만나 물 건너로 연밥 따서 던지다가
사람들 보았을까 반나절이나 얼굴 붉혔다오.

우리의 조선 시대는 오로지 남성들의 시대였다. 여성들은 집안 깊숙이 묻혀 아이나 낳고 살림이나 하는 그런 세월이었다. 문학이나 예술 유산 역시 남성들의 전유물이었다. 특별한 경우가 있다면 황진이나 매창, 홍랑같이 기방의 여인들이 남긴 시조나 한시 몇 편이 있을 뿐이다. 이런 가운데 사대부집 여인으로서 신사임당이나 허난설헌 같은 여성 시인의 시가 있다는 것은 매우 놀라운 일이고 다행스러운 일이다.

허난설헌은 조선 중기의 여성 시인이다. 본명은 허초희(許楚姬, 1563~1589). 난설헌(蘭雪軒)은 아호이고 별호로 경번(景樊)을 사용하기도 했다. 문학과 예술을 사랑하는 집안에서 태어났다. 아버지 초당(草堂) 허엽(許曄)은 당대의 석학이었고, 두 오빠 허성(許筬), 허봉(許篈)도 알아주는 문인이었고, 남동생 허균(許筠)은 한글 소설 『홍길동전』의 작가이기도 하다. 후세 사람들은 허초희까지 합하여 이 집안사람들을 '오문장가(五文章家)' 라 칭하기도 했다.

특히 누이동생 난설헌의 시인적 자질을 알아보고 이를 키워 준 이는 둘째 오빠 하곡(荷谷) 허봉이다. 허봉은 자신의 글벗으로 서얼 출신이면서 당대 최고의 감성파 시인이었던 손곡(蓀谷) 이달(李達)에게 부탁하여 허난설헌과 그 아래 남동생인 교산(蛟山) 허균의 글을 가르치도록 했던 것이다. 허난설헌은 손곡에게 배워 8세 때 이미 독창적인 시를 지었다고 한다.

허난설헌이 태어난 곳은 형제들과 함께 강릉의 초당동. 본래 이곳은 난설헌의 외갓집이다. 여기서 일곱 살까지 살다가 서울로 올라가 15세에 안동 김씨 집안인 김성립(金誠立)에게 출가했으나 남편과의 관계가 원만하지 못했고 연거푸 자식마저 잃게 되어 불행하게 살다가 결국 27세의 젊은 나이로 짧은 생애를 마쳤다.

그러나 그가 남긴 시편은 훌륭하여 세상을 떠난 뒤 명나라 시인 주지번(朱之蕃)에 의해 중국에서 『난설헌집(蘭雪軒集)』이 간행되어 격찬을 받았으며, 1711년에는 분다이야 지로베에(文臺屋次郎兵衛)에 의해 일본에까지 시편이 알려져 애송되는 바가 되었다. 또한 멀리 월남에까지 전해지기도 했다고 한다. 이미 그 시절 허난설헌은 동아시아의 국제적인 시인이었던 것이다. 이러한 성과 뒤에는 역시 그의 남동생 허균의 노력과 지원이 숨어 있었다.

앞의 시 「연밥을 따며(采蓮曲)」는 매우 자유분방한 정서를 담은 시이다. 남녀 간의 연정을 노래하고 있다. 조선 시대에 이런 시가, 그것도 여염집 여인네에게서 나왔다는 것이 놀랍다.

그러나 이 시는 시인의 사후에 출간된 시집 『난설헌집』에 또 한 편의 아름다운 시 「한강 서재에 계신 낭군께(寄夫江舍讀書)」와 함께 실리지 못했다.

이러한 저간의 사정이 『지봉유설(芝峯類說)』에 나오는데 편저자 이수광(李睟光)은 "이 시가 너무나 방탕해서 『난설헌집』에 실리지 못했다"고 설명하고 있다. 하지만 이수광은 그의 책 『지봉유설』 13권 '규수시(閨秀詩)' 편에 조선 시대 부인들이 쓴 시 여섯 편을 소개하면서 그 가운데 세 편을 허난설헌의 작품으로 채우고 있다. 그만큼 높게 평가하였던 것이다.

이 시는 오늘의 눈으로 보아도 참으로 아름다운 작품이다. 한시의 기법대로 앞 두 줄은 바깥 세계요, 뒤의 두 줄은 안의 세계이다. 자연이 아름다운데 사람의 일도 아름답고 고즈넉하다. 연꽃이 어우러진 맑은 물 호수 깊숙한 곳에 배를 매어 놓고 한 여인이 사랑하는 사람을 만나 연밥을 따서 던지는 매우 활달한 풍경이 담겨 있다. 도무지 조선 시대 여인네 같지가 않다.

이 시 가운데서도 가장 아름다운 대목은 아무래도 끝부분이다. “사람들 보았을까 반나절이나 얼굴 붉혔다오.” 이 얼마나 귀여운 독백인가! 연밥을 따서 던진 일은 하나의 격정에서 나온 행위이다. 하지만 지나고 보니 그 일이 반나절 동안이나 얼굴을 붉히는 일이 되었노라는 말은 얼마나 여인네의 수줍고도 부드러운 속내가 잘 드러난 표현인가! 하루도 아니고 ‘반나절’ 이다. 이 절묘한 부끄러움의 미학 앞에 우리는 조선 여인네의 은은한 향기를 느끼고도 남는다. 원시는 다음과 같다.

> 추정장호벽옥류(秋淨長湖碧玉流)/ 연화심처계란주(蓮花深處繫蘭舟)/
> 봉랑격수투련자(逢郞隔水投蓮子)/ 혹피인지반일수(或被人知半日羞)
>
> — 허초희(許楚姬), 「채련곡(采蓮曲)」

쥘 르나르

뱀

너무 길다.

이것도 하나의 시다. 세계에서 가장 짧은 시다. 믿기지 않겠지만 정말 그렇다. 100년 전 프랑스 사람인 쥘 르나르(Jules Renard, 1864~1910)란 사람이 지은 『박물지』란 책에 나와 있는 글이다.

작가 스스로 '이미지의 사냥꾼' 이라고 말했듯이 간결하고 세련된 문체로 45개의 항목(나중에 70개 항목으로 확장)을 동물이나 곤충, 새들을 소재로 하여 기지와 유머 넘치는 글을 남기고 있다. 어떤 것은 산문으로 읽히고 어떤 것은 소묘풍의 시로 읽힌다. 이러한 르나르의 글을 후세의 구르몽 같은 시인은 "지고지순한 정신만이 낳을 수 있는 작품"이라고 칭찬했다.

그는 프랑스의 19세기 소설가이며 극작가로 오늘날 어린이들이 읽는 동화 『홍당무』의 원작자이기도 하다. 이 작품은 소년 시절 시인 자신 모친의 사랑을 받지 못하고 자란 어두운 나날에 대한 추억을 소재로 한 작품이다. 파리로 나와 상징주의 시인들과 가까이하며 시집 『장미』를 발표하였으며, 1891년에 쓴 소설 『부평초』로 특이한 작가적 능력을 인정받았다.

사후에 발표된 『일기』는 일기 문학의 전범(典範)으로 높이 평가되었으며 만년에 시트리의 촌장(村長)이 되었고 아카데미 공쿠르 회원으로 선출되기도 했다.

앞의 글은 보는 바와 같이 한 줄뿐이다. 글자 수로 볼 때 딱 네 글자뿐이다. 그런데도 할 소리는 다 한 느낌이다. 뱀을 두고 이보다 더 적확한 표현을 찾을 수 있을까? 이거야말로 촌철살인이다. 더 할 말이 없다. '너무 길' 은 뱀을 너무 짧게 표현하고 말았다. 일을 저질렀다는 느낌이다. 그런 만큼 놀라움과 감동은 오래고 길다. 역시 르나르의 재미난 글을 몇 편

옮겨 보면 다음과 같다.

한 마리 한 마리가 3이란 숫자를 닮았다.
참 많기도 하다.
얼마나 되나?
3, 3, 3, 3, 3, 3, 3, 3, 3 …….
끝이 없다.

— 쥘 르나르, 「개미」

둘로 접은 사랑의 편지가 꽃의 주소를 찾고 있다.

— 쥘 르나르, 「나비」

어른이 된 토끼

— 쥘 르나르, 「노새」

도대체 어찌 된 일일까?
벌써 9시인데 저 집엔 아직도 불이 켜져 있네.

— 쥘 르나르, 「반딧불」

왕유

친구 보내고

친구 보내고
혼자 돌아와
사립문 닫으니
날이 저문다.

해마다 봄이 오면
풀이야 새로 푸르겠지만
한번 떠난 그대
다시 만날지 모르겠구려.

왕유(王維, 699~759)는 중국 당나라 성당 시대의 시인으로 이백, 두보와 함께 중국 서정시를 완성한 3대가 가운데 한 사람이다. 흔히 이백을 시선(詩仙), 두보를 시성(詩聖)이라고들 부르면서 왕유는 시불(詩佛)이라고도 부른다. 이유는 두 사람에 비하여 왕유가 불교적인 생활에 심취했을뿐더러 그 시에 불교적 내용을 많이 표현했음이다.

왕유는 중간에 안녹산의 난에 연루되었을 시기를 제외하고는 평생을 두고 비교적 평온한 관리 생활을 유지하면서 높은 벼슬(상서우승)까지 올랐으며, 그림에도 뛰어나 17세기 중국의 화론가 동기창(董其昌) 같은 이에 의해 남종화(南宗畵)의 시조로 규정되기도 했다. 그뿐 아니라 송나라 때, 소동파(蘇東坡) 같은 이는 그의 시와 그림을 두고 "시중유화요 화중유시(詩中有畵 畵中有詩, 시 속에 그림이 있고 그림 속에 시가 있다.)"란 유명한 말을 남기기도 했다.

왕유는 중년에 상우(喪偶, 상처)의 불행을 당했음에도 끝내 배우자를 다시 들이지 않고 노년까지 고적한 가정을 고집하였다. 그러면서 오히려 한가와 은일한 생활을 좋아하고 유지했다.

시로서 볼 때 전기보다 후기의 시가 더 유현(幽玄)하고 아름다운 가편이 많은데 아마도 이 시도 그 가운데 한 편이지 싶다. 누군가 아주 절친한 친구를 만나 좋은 시간을 보내다가 그와 헤어지고 나서의 감회를 쓴 작품이겠다.

"친구 보내고/ 혼자 돌아"왔다는 것은 그저 그런 사실이요 생활 그대로일 뿐이다. 또한 뒷부분에 나오는 "해마다 봄이 오면/ 풀이야 새로 푸르겠지만"과 "한번 떠난 그대/ 다시 만날지 모르겠구려."는 각각 자연의 영원함과 인간의 무상함을 각각 대비시킨 표현이다.

그러나 유독 "사립문 닫으니/ 날이 저문다."라는 표현은 사람의 마음을 울린다. 절묘하다. 이런 경우를 가리켜 소동파가 '시중유화' 란 말을 떠올리지 않았을까 모르겠다. '사립문 닫' 는 실제적인 행위가 마음을 닫는 일, 이별의 실상을 매우 구체적으로 눈에 보이는 듯 보여 준다. 하나의 이미지 작업이다. 시의 원문은 이렇다.

산중상송파(山中相送罷)/ 일모엄시비(日暮掩柴扉)/
춘초명년록(春草明年綠)/ 왕손귀불귀(王孫歸不歸)

— 왕유(王維), 「송별(送別)」

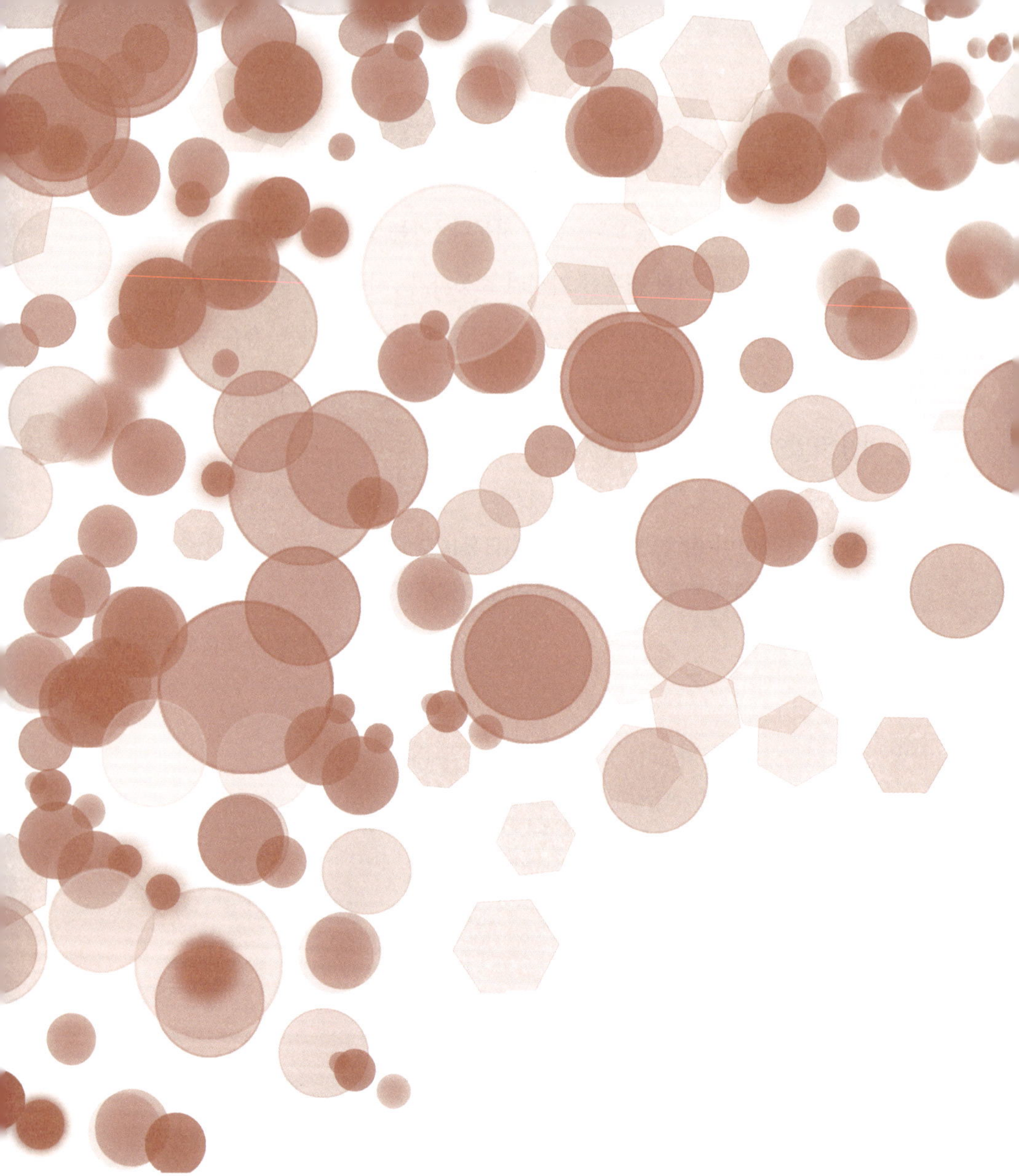

제3부

가을

카를 부세

산 너머 저쪽

산 너머 언덕 너머 먼 하늘 밑
행복이 있다고 사람들이 말하네.
아, 나도 친구 따라 찾아갔다가
눈물만 머금고 돌아왔다네.
산 너머 언덕 너머 더욱더 멀리
그래도 사람들은 행복이 있다고 말을 한다네.

오늘날 젊은이들은 모르겠지만 예전, 그러니까 우리들 청소년 시절엔 이런 시들을 참 많이도 좋아했다. 이발소나 여관이나 다방과 같이 불특정 다수의 대중들이 드나드는 공공의 장소 한 귀퉁이, 무심히 붙어 있는 글귀가 이런 시들이었다. 그때인들 인생이 무언지 알기나 했겠나. 그저 이런 시들을 외우면서 인생이 어떠니 행복이 어떠니 중얼거리기도 했을 것이다.

참으로 인생이 무엇인지 짯짯이 제대로 살아 보지 않고 이러쿵저러쿵 말하는 것은 허풍이다. 허장성세다. 하지만 그 안에는 나름대로의 지혜가 들어 있다. 앞날을 내다보는 정신의 힘, 겪어 보지 않고서도 아는 마음의 눈이 지혜다. 이러한 지혜로 하여 인간은 좀 더 안전하게 인생이란 바다를 건널 수 있을 것이다. 그런 의미에서 그 시절 우리는 지레 애늙은이였는지도 모르겠다.

흔히 사람들은 그런다. 오늘보다는 내일이 좀 더 좋아지겠지. 이곳보다는 저곳에 아주 좋은 것, 아름다운 것이 기다리고 있겠지. 시간과 공간에 대한, 인간에 대한 막연한 그리움이요 기대 심리다. 미지의 세계에 대한 한없는 동경이다. 이러한 경향은 젊은이들에게 더욱 크게 작용한다. 그래서 젊은이들의 세계는 미래에로만 열린 세계요 하늘 높이 솟아오른 팽팽한 풍선 같은 인생이다. 색깔로 친다면 퍼플이거나 진한 블루다.

정말 그럴까? 조금쯤 인생이란 걸 살다 보면 그것이 전혀 그렇지 않다는 걸 깨닫게 된다. 실패와 좌절에서 오는 또 다른 인생에의 눈뜸이다. 여기서 한숨과 함께 앞과 같은 시가 나온다. 회한이 나오고 투덜거림이 나온다. "산 너머 언덕 너머 먼 하늘 밑"에 "행복이 있다고 사람들이 말"을 하기에 "친구 따라 찾아갔다가" "눈물만 머금고 돌아왔다"고.

그러나 이보다 더 중요한 것은 그 다음에 나오는 "그래도 사람들은" "산 너머 언덕 너머 더욱더 멀리" "행복이 있다고 말을 한"다는 내용이다. 그렇다! 인생이란 언제나 이렇게 과거형이나 미래형이 아니고 현재 진행형이라는 것이다. 이것이 중요하다. 어찌 우리가 까치발을 딛고 멀리 바라보는 목이 긴 그리움 없이 하루 한 시간인들 살아갈 수 있겠는가? 날마다의 초조함과 불안을 견딜 수 있겠는가. 인생은 기다림이다. 그리움이다.

이걸 오래전 독일 땅에서 살다 간 카를 부세(Karl Busse, 1872~1918)란 사람이 알았던 것이고 그걸 또 오늘날 우리가 다시 알겠다고 고개를 주억거리는 것이리라. 시인은 포젠(오늘날 폴란드 포즈난)의 비른바움 근교에서 태어났으며 신낭만파 시인의 한 사람으로 활약했다. 작품집으로 『시집』, 『신시집』 등이 전한다.

헤르만 헤세

흰 구름

오, 보아라. 잊어버린, 아름다운 노래의
나직한 멜로디처럼
구름은 다시
푸른 하늘 멀리로 떠서 간다.

긴 여로에서 방랑의
기쁨과 슬픔을 모두
스스로 체험하지 못한 사람은
구름을 제대로 이해할 수 없을 것이다.

해나 바다나 바람과 같은
하아얀 것, 정처 없는 것들을 나는 사랑한다.
고향이 없는 사람에게는 그것이
누이들이며 천사이기 때문에.

'흰 구름' 이란 말은 내가 매우 좋아하는 말 가운데 하나이다. 흰 구름이란 말은 듣기만 해도 가슴이 부풀어 오르게 하는 말이다. 머언 하늘과 산마루가 떠오른다. 거기, 아지 못할 꽃의 그림이 보이고 미지의 한 소녀의 얼굴이 그려지기도 한다. 야튼, 흰 구름이란 말은 사람의 마음을 멀리까지 데리고 가는 말이다. 매우 사랑스런 말이고 영혼의 울림이 들어 있는 말이다. 가끔 혼자서 중얼거리기도 한다. 한국말로 시 쓰는 사람으로 흰 구름이란 말을 나만큼 좋아하는 사람이 어디 또 있을까?

계절로 보아 늦은 여름철, 하루로 보아서는 오후 시간대. 하늘에 높이 높이 피어오르는 것이 흰 구름이다. 마치 누군가의 숨겨진 욕망인 양 몽글몽글 피어오르는 새하얀 솜덩이. 그대 비록 복잡하고 따분한 세상일에 잠겨 있는 사람일지라도 고개를 들어 하늘을 한번 바라보시라. 거기 문득 피어오르기 시작하는 흰 구름을 보게 된다면 그대의 세상은 금세 눈물겹도록 아름다운 세상으로 바뀌고 말 것이다. 하늘이 지어 놓은 흰 구름 궁전을 우러르며 지상에는 없는 어느 먼 왕조의 흥망성쇠를 거기서 발견하게 될 것이다.

헤르만 헤세(Hermann Hesse, 1877~1962)는 젊은 시절 무던히 좋아했던 외국 시인 가운데 한 사람이다. 그 이름 자체가 참 아름다운 시와 같은 울림을 가졌다. 한국 사람들치고 헤르만 헤세를 좋아하지 않는 사람이 누가 있을까? 독일의 시인이며 소설가. 그리고 화가. 독일 출생이면서 스위스 국적을 가지고 나치 독일과도 맞섰던 사람. 노벨문학상 수상 작가. 무엇보다도 성장 소설 『데미안』의 작가. 『수레바퀴 밑에서』, 『싯다르타』, 『황야의 늑대』, 『나르치스와 골드문트』 같은 많은 작품 가운데 『유리알 유희』는 노벨문학상 수상 작품이다.

내가 헤세를 처음 알게 된 것은 박목월 선생의 책을 읽음으로써다. 박목월 선생도 무던히 헤세를 좋아해 당신의 책 속에 자주 인용하곤 했던 것이다. 앞의 시 속에 나오는 사람은 낯설고 먼 땅을 홀로 떠도는 한 사람이다. 그는 하늘에 외로이 떠 있는 흰 구름을 보면서 누이를 생각하고 있고 천사를 그리워하고 있다. "긴 여로에서 방랑의/ 기쁨과 슬픔을 모두/ 스스로 체험하지 못한 사람은/ 구름을 제대로 이해할 수 없을 것이다." 이 얼마나 오묘한 삶의 깨달음인가! 나는 지금도 헤르만 헤세가 글을 쓰고 그림 그린 『방랑』이란 조그만 책을 가끔씩 꺼내어 그리운 마음으로 읽는 사람이다.

최치원

가을밤 빗소리에

가을바람 소리 괴로운 시처럼 들리는데
세상길에는 마음을 알아주는 벗이 드물다오.
창밖에는 밤 깊도록 내리는 빗소리, 빗소리
등불 앞에 홀로 앉은 마음만 아득하다오.

최치원(崔致遠, 857~ ?)은 통일신라 때의 학자요 문장가로 12세 어린 나이에 중국 당나라에 유학을 가, 그 나라의 과거에 급제하고 벼슬을 한 전설적인 인물이다. 황소의 난에 격문을 잘 써서 문명(文名)을 날렸다는 것은 또 양념처럼 들어가는 얘기다. 18년 동안 당나라에서 살다가 고국으로 돌아와 크게 벼슬을 하였으나 신라 말기의 혼란한 현실에 실망, 가야산으로 들어가 숨어 살다가 세상을 떠났다. 그래서 사망 연도가 기록되지 않는다.

그 시절이나 지금이나 세상에 한 사람 진정한 친구나 이웃을 얻기는 어려운 일인가 보다. 그래서 좋은 친구를 '지기(知己)' 라 한다. 나를 알아주는 사람이란 뜻. 지기란 '지기지우(知己之友)' 란 말의 준말이다. 또 이 말은 앞의 시 원문에 나오는 '지음(知音)' 이란 말과도 같은 뜻으로 사용된다. 지음이란 글자 그대로는 '소리를 앎' 이지만 그 속에는 숨은 이야기가 있다.

중국 춘추 시대, 거문고의 명인 백아(伯牙)란 사람에게 거문고 소리를 참 잘 알아듣는 종자기(鍾子期)란 친구가 있었다. 두 사람은 거문고 소리를 사이에 두고 우정을 나누었는데 그만 종자기란 사람이 먼저 세상을 떠나자 백아는 "내 거문고 소리를 알아주는 이가 없는데 거문고를 타서는 무엇하랴"는 말과 함께 거문고 줄을 끊고 다시는 거문고를 가까이하지 않았다 한다.

세상살이가 날로 어렵다. 인간과 인간 사이의 관계 또한 날로 날카롭다. 그러나 이 시를 읽어 보면 천년 넘게 그 시절에도 이렇게 마음에 맞는 친구, 내 마음을 알아주는 사람 하나 얻기가 쉽지 않다는 걸 알게 된다.

그런 점에서 시란 것은 참으로 영원하다는 생각을 하게 된다. '좋은 친구는 한 사람도 많다.' 이 말은 서양 사람들의 말이다. 인디언 말로 친구는 또 '내 슬픔을 자기 등에 지고 가는 자'라고 한다고 한다. 시의 원문은 다음과 같다.

추풍유고음(秋風唯苦吟)/ 세로소지음(世路少知音)/
창외삼경우(窓外三更雨)/ 등전만리심(燈前萬里心)

— 최치원(崔致遠), 「추야우중(秋夜雨中)」

* 지음(知音) : 소리를 알아듣는다는 뜻으로 자기의 속마음을 알아주는 친구를 이르는 말. 『열자(列子)』 「탕문편(湯問篇)」에 나오는 말인데, 백아가 거문고를 들고 높은 산에 오르고 싶은 마음으로 이것을 타면 종자기는 옆에서, "참으로 근사하다. 하늘을 찌를 듯한 산이 눈앞에 나타나 있구나."라고 말하였다.

또 백아가 흐르는 강물을 생각하며 거문고를 타면 종자기는 "기가 막히다. 유유히 흐르는 강물이 눈앞을 지나가는 것 같구나." 하고 감탄하였다. 종자기가 죽자 백아는 거문고를 부수고 줄을 끊은 다음 다시는 거문고를 타지 않았다고 한다. 이 세상에 다시는 자기 거문고 소리를 들려줄 사람이 없다고 생각하였던 것이다.

이렇게 거문고 줄을 끊는 것을 '단현(斷絃)'이라고도 하는데 이 말은 때로 부부 가운데 한 사람이 먼저 죽었을 때 '끊어진 사랑' 그 아픔의 표현으로 사용되기도 한다.

라이너 마리아 릴케

가을날

주여. 때가 왔습니다. 여름은 참으로 위대했습니다.
해시계 위에 당신의 그림자를 얹으십시오.
들에다 많은 바람을 놓으십시오.

마지막 과일들을 익게 하시고
하루 이틀만 더 남국의 햇빛을 주시어
그들을 완성시켜, 마지막 단맛이
짙은 포도주 속에 스미게 하십시오.

지금 집이 없는 사람은 이제 집을 짓지 않습니다.
지금 고독한 사람은 내일날도 오래 고독하게 살아
잠자지 않고, 읽고, 그리고 긴 편지를 쓸 것입니다.
바람에 불려 나뭇잎이 날릴 때, 불안스러이
이리저리 가로수 길을 헤맬 것입니다.

라이너 마리아 릴케(Rainer Maria Rilke, 1875~1926)는 헤르만 헤세와 더불어 젊은 시절 내가 무던히도 좋아했던 독일의 시인이다. 독문학자이기도 한 송영택 시인의 번역으로 된 시집을 통해서였는데 우리는 그저 릴케의 시를 연애시 정도로만 생각하고 읽었다. 아닌 게 아니라 그냥 무심히 읽으면 그의 시는 연애시처럼 이해되기도 한다.

하지만 릴케란 시인은 그렇게 단순한 시인이 아니다. 적어도 그의 대표작이라 할 수 있는 「두이노의 비가」라든가 그의 유명한 소설 「말테의 수기」 정도를 읽고 나서야 비로소 릴케의 일부나마 알았노라 할 것이기 때문에 그렇다. 어쨌든 릴케는 헤세와 더불어 독일 최대의 시인이라는 데에 누구도 이의를 제기하지 않을 것이고 우리나라 사람들에게도 친근하게 읽히는 시인 가운데 한 사람이다.

출생은 오스트리아 제국 지배 아래 있던 체코의 프라하. 군인 출신으로 철도 회사에서 근무하는 아버지와 고급 관리의 딸인 어머니 사이에서 미숙아로 출생했다. 일곱 살 때까지 여자아이의 옷을 입혀 길러졌으며 아홉 살 때 부모가 이혼하자 주로 어머니에 의해서 양육되었다. 아버지의 뜻에 따라 군사학교에 들어갔으나 병약한 몸으로 고통을 받다가 신병을 이유로 중퇴하고 20세 때 프라하대학에 들어가 문학 수업을 하면서 문인의 길에 들어섰다.

릴케의 생애 가운데 가장 큰 영향을 준 인물은 1897년 뮌헨에서 만난 세기의 지성 루 살로메이고, 1902년 파리에서 만난 조각가 로댕이다. 살로메로부터는 평생 동안의 정신적인 지지와 모성적인 위안을 받았고, 로댕으로부터는 사물을 바라보는 눈을 배웠다 할 것이다.

앞의 시는 로댕을 만나던 해에 발간된 『형상시집』에 실려 있는 시이다. '가을' 을 노래한 시 가운데 이보다 더 맑고 깊고 아름다운 시는 없을 것이다. 신에게 드리는 기도 형식으로 되어 있다. 자신의 모든 것들을 온전히 내려놓고 겸허하게 돌아보는 마음으로 쓰여진 시다. 영혼의 깊은 곳을 들여다보는 속삭임이다. 가을이 가까워지면 나는 문득 이 시를 꺼내 놓고 읽으며 다시금 나에게 가을을 선물로 주시는 신에게 감사한 마음을 갖는다.

"장미여, 오 순수한 모순이여./ 그리도 많은 눈꺼풀 아래/ 누구의 것도 아닌 잠이고픈 마음이여." 이것은 시인 자신이 쓴 묘비명이다. 시인은 장미꽃을 꺾다가 장미 가시에 손가락이 찔린 것이 원인이 되어 백혈병으로 세상을 떠났다 한다. 시인의 나이 51세. 가장 시인다운 죽음이라고들 말을 한다.

백제의 여인

정읍사

달님이시여, 높이높이 돋으시어
멀리멀리 비춰 주소서.

내 남편, 저잣거리 지나시는지요?
어둔곳을 지날까 걱정입니다.

모든 것 다 내려놓고
돌아오라 일러만 주십시오.

내 남편 가시는 곳
날 저물까 걱정입니다.

우리의 조상들이 남긴 시가(詩歌) 작품 가운데 가장 아름다운 작품 셋을 들라면 즐겨 나는 고려 시대의 시인 정지상(鄭知常)의 「송인(送人)」이란 한시와, 조선 시대 홍원 기생이었던 홍랑(洪娘)의 「묏버들 가려 꺾어」란 시조와, 「정읍사(井邑詞)」 바로 이 작품을 들고 싶다.

전하는 말로는 통일신라 시대 옛 백제 지역인 정읍현(井邑縣)에 살던 한 여인이 행상 나간 남편을 걱정하여 마을의 높은 산에 올라가 달님에게 그 마음을 고백한 시인데 『악학궤범(樂學軌範)』 5권에 실려 있는 작품으로 조선 시대엔 궁중 음악으로 쓰였던 작품이라고 한다.

우선 지은이는 달이 뜬 밤, 동산으로 올라가 달님을 바라보며 기원하는 마음을 갖는다. "달님이시여, 높이높이 돋으시어/ 멀리멀리 비춰 주소서." 이것은 수직으로 올라가는 마음이고 수평으로 뻗어 가는 마음이다. '높이높이 돋으시어' 는 하늘, 즉 천(天)의 마음이고, '멀리멀리 비춰 주소서' 는 땅, 즉 지(地)의 마음이다. 인간의 마음이 직각으로 하늘로 올랐다가 다시 90도로 꺾여 수평선을 향하고 있음을 본다. 멀고 크다. 아득한 마음이요 눈길이다.

"내 남편, 저잣거리 지나시는지요?/ 어둔곳을 지날까 걱정입니다." 이것은 인간, 즉 인(人)에 관한 마음이다. 기도의 구체적 대상인 남편을 떠올리며 그가 지금 시장 거리(저잣거리)를 지나가고 있는지, 어두운 곳을 지나고 있는지에 대해서 걱정하는 마음을 표현하고 있다. 이렇게 동양의 좋은 작품들은 천지인(天地人) 삼재(三才)가 고르게 들어 있기 마련이다.

이제 지은이의 마음은 더욱 다급해져 더욱 솔직한 속내를 보인다. "모든 것 다 내려놓고/ 돌아오라 일러만 주십시오." 이렇게 되면 차라리 읍소

(泣訴)에 가깝다. 역사 이래 남정네들은 바깥세상으로 멀리 떠도는 사람들이었다. 바람 같은 존재들이었다. 하지만 여성들은 그 남성들을 기다리며 가정을 지키며 살아왔다. 떠돌이요 사냥꾼인 남성들에 대하여 파수꾼이었으며 지킴이였던 여성들이다.

이러한 여성들의 공로로 가정이 지켜졌고 자식들이 양육되었고 인류의 유산들이 보존되었던 것이다. 그런 의미에서 모든 남성들은 모든 여성들에게 감사하는 마음을 가져야 한다. 빚진 사람들이다. 여심(女心)은 이렇게 하여 단순한 여인의 마음을 넘어 모성(母性)의 세계로까지 둥글게 발전하여 나간다. 그만큼의 또 둥글고도 밝은 달님은 떠 있을 법하다.

로버트 프로스트

가지 않은 길

단풍 든 숲 속에 두 갈래 길이 있었습니다.
한 몸으로 두 갈래 길을 다 갈 수 없는 나는
안타까운 마음으로 한참 동안 서서
참나무 숲 속으로 접어든 한쪽 길을
끝 간 데까지 바라다보았습니다.

그러다가 하는 수 없이 한쪽 길을 택했지요.
그 길은 풀이 더 우거지고 사람들
걸은 흔적이 적었기 때문이지요.
내가 그 길을 걸음으로 해서 그 길도 나중에는
다른 쪽 길과 거의 같아질 것이겠지만 말입니다.

서리 내린 나뭇잎 위에는 아무런 발자국도 없었고
두 길은 그날 아침 똑같이 멀리 뻗어 있었습니다.
아, 다른 쪽 길은 뒷날에 다시 걸어 보리라! 생각했지요.
길은 길에 이어져 끝이 없으므로
내가 여기 다시 돌아올 날을 의심하면서 말입니다.

오랜 세월이 흐른 다음,
나는 한숨을 쉬면서 말할 것입니다.
숲 속으로 두 갈래의 길이 있었노라고,

나는 사람이 덜 다닌 길을 택하였노라고,

그것으로 하여 모든 것들이 달라지고 말았노라고, 말입니다.

아마도 로버트 프로스트(Robert Frost, 1874~1963)는 롱펠로나 휘트먼과 더불어 미국 사람들로부터 가장 존경받는 국민 시인 가운데 한 사람일 것이고 또 한국 사람들에게도 널리 사랑받는 시인일 것이다. 그리고 우리나라 사람들에게 로버트 프로스트의 시와 인생이 대중들에게 제대로 소개되기는 피천득 선생의 글을 통해서일 것이다.

직접 시인을 만나 본 피천득 선생의 글에 따르면 프로스트는 농부처럼 크고도 거친 손을 가졌으며 오래 사용하여 헐었으나 튼튼한 혁대를 사용하고 있었다고 한다. 억지스럽거나 현학적인 분위기가 전혀 없으며 스스로 자신을 농장에서 일을 하며 젊은이들과 대화하는 것을 매우 좋아하는 그저 평범한 사람이라고 소개하더라고 전한다. 그러면서 피천득 선생은 프로스트야말로 자연 시인이며 시인이기 이전에 농부였다고 회고한다.

그 다음, 프로스트가 한국인들에게 인상 깊게 각인되기는 아무래도 케네디 대통령과의 일화 선상에서일 것이다. 1961년 1월 20일, 프로스트 시인이 존 F. 케네디 대통령의 취임식장에서 축하시를 낭독하기로 되어 있어 단상에 올라갔는데 준비해 간 시의 원고를 읽을 수 없는 일이 벌어지게 된다. 이유는 국회의사당 앞마당에 가득 쌓인 눈과 눈에 반사되는 강렬한 햇빛 때문에 87세인 시인의 노안이 아무것도 읽을 수 없었던 것.

이러한 난감한 상황을 만나 노시인은 기지를 발휘, 자작시 가운데 완벽하게 외우는 시인 「무조건적인 선물(The Gift Outright)」을 여유 있게 낭송하고 내려와서 전 세계인을 감동시키게 된다. 그러나 시인은 그로부터 2년 뒤에 죽고, 대통령 또한 시인이 돌아간 뒤 1년도 못 되어 암살로 생을 마감하지만 대통령은 죽기 전에 시인의 장례식에서 추모 연설을 해 주어서 시인으로부터 받은 고마움에 보답한 바 있다.

프로스트는 미국의 서부 도시 샌프란시스코에서 출생, 뉴잉글랜드에서 성장하고 다트머스대학을 다니다가 중퇴한 후 신문 기자, 교원, 양계업 등 잡다한 직업을 전전하다가 실패하고 1912년 영국으로 건너가 『소년의 의지』, 『보스턴의 북쪽』 등 시집을 출판하여 시인으로 성공하게 되었다. 1915년 미국으로 돌아와서는 하버드대학에서 시학 교수가 되었으며 네 번이나 퓰리처상을 수상하는 영광을 안기도 했다.

프로스트의 시 가운데에 한국 사람들이 좋아하기로는 「목장」이라든가 「눈 오는 저녁 숲가에 서서」, 「자작나무」 같은 작품이 있지만 선호도가 더 높은 작품은 앞에 적은 「가지 않은 길」이다.

「가지 않은 길」이란 시는 젊은 시절에는 읽어도 그 느낌이나 의도가 잘 전달되어 오지 않는 경향이 있다. 그것은 그러려니 지식으로 이해하는 시의 세계일 뿐이다. 적어도 이 시에 제대로 접근하기 위해서는 40대 중반은 지긋이 지나야 할 일이다. 무언가 돌아볼 나이가 있어야 된다는 얘기이다.

프로스트의 시들은 어느 것도 까다롭고 어려운 시가 아니다. 그러나 그 의미나 내용은 결코 헐거운 것만은 아니다. 그의 시에는 그만의 삶과 철학이 스며 있으므로 그렇다. 미국 시인이면서도 요란스럽지 않고 고요하고 낮은 목소리임이 또한 특징이다. 그런 가운데 앞의 시를 읽으면 모순덩어리인 인생의 이면조차 환히 들여다보이기도 한다. 그것은 시인이 열어 보여 주는 예지의 한 세계이기도 하다. 아튼 프로스트의 시는 사람의 마음을 맑고 깊게 해 주는 한 매력을 지녔다.

휘트먼같이 우렁찬 시인이 있는가 하면 이렇게 저음의 시인이 있음이 또 미국의 저력일 것이고 이런 시인을 지극히 사랑하고 품는 것도 미국인의 한 배포일 것이다.

이매창

비단옷

취한 손님 내 명주 저고리 옷자락 잡아
끝내는 명주 저고리 찢어 놓고 말았네.
그까짓 명주 저고리야 아까울 것 없겠지만
임이 주신 은정까지 찢어졌을까 그것이 두렵네.

알다시피 조선 시대는 성리학과 사대부와 남성이 판치던 시대였다. 우월한 남성성에 비하여 여성성은 위축될 대로 위축되었고 그 가운데서도 기생이나 하층 계급에 속하는 여성들은 더욱 존재 가치가 없는 시대였다. 그럼에도 불구하고 몇몇 기녀 출신의 시가 문학은 빛나는 바가 없지 않다. 그 가운데서 전북 부안 출신인 이매창(李梅窓, 1573~1610)의 시조와 한시는 황진이나 홍랑의 작품과 더불어 한껏 빛나고 드높아 보인다.

이매창은 전북 부안이 자랑하는 조선 시대의 여성 시인이다. 부안현의 아전인 이탕종(李湯從)의 서녀로 출생하여 기녀가 되었는데 자(子)는 천향(天香), 아호로는 매창 이외에 계생(桂生), 계랑(桂娘) 등을 사용했으며 가사, 한시, 시조, 가무, 현금(玄琴)에 두루 뛰어난 예술가였다 한다.

그래서 생전에 유명 인사와 사귀었는데 유희경(劉希慶, 1545~1636), 허균(許筠, 1569~1618), 이귀(李貴, 1557~1633) 등이 그들이다. 첫 번째 인물은 유희경. 그는 이미 학자와 시인으로 전국적으로 이름이 알려진 사람으로 1590년경에 부안에 와 매창과 만나게 된다. 그러나 그들은 나이 차이가 있어 매창은 18세인데 유희경은 40대 중반의 유부남. 그렇지만 나이 차이를 넘어 두 사람은 시인으로서 만나 시를 주고받으며 가까워진다.

10일간, 짧은 사랑을 나눈 유희경은 서울로 떠나고 임진왜란까지 일어나 오랫동안 만나지 못하게 된다. 이에 매창은 10년을 한사코 다른 남자를 만나지 않고 오직 유희경만을 사모하면서 독신의 몸을 견딘다. 이러한 과정 속에서 나온 시조가 바로 "이화우(梨花雨) 흩날릴 제 울며 잡고 이별한 님/ 추풍낙엽(秋風落葉)에 저도 날 생각는가/ 천리에 외로운 꿈만 오락가락하노매"이다.

허균하고는 서로 존경하면서 사귀는 벗으로 일관했다. 특히 허균은 매창에게 참선을 권하기도 하고 세상살이의 고달픔을 나누기도 하면서 정신적인 멘토 역할을 해 주었던 것 같다. 이러한 사정은 허균이 매창에게 보낸 편지 내용에 나타난 것처럼 "우리가 처음 만난 당시에 만약 조금치라도 다른 생각이 있었더라면, 나와 그대의 사귐이 어찌 10년 동안이나 친하게 이어질 수 있었겠소." 같은 대목에서 짐작이 간다 하겠다.

그 다음은 이귀. 이귀가 김제 군수로 왔을 때 두 사람은 만났다. 이귀가 떠난 뒤 백성들이 송덕비를 세워 주었는데 매창이 그 비석 옆에서 거문고를 뜯으며 노래 부르며 울기도 했다고 한다. 그런데 이러한 사실이 매창이 허균을 원망하여 그리했다는 내용으로 소문이 번져 나중에 이 내용을 해명하는 편지를 허균이 매창에게 보내기도 한다.

매창은 38세의 나이로 죽었는데 부안읍 남쪽 봉덕리 공동묘지에 그가 사랑하고 아꼈던 거문고와 함께 묻혔다. 사람들은 이곳을 지금까지 '매창이뜸' 이란 이름으로 불러온다고 한다. 현재 이곳 주소는 전북 부안군 부안읍 서외리. 이매창의 묘는 전북기념물 제65호로 지정되어 보존되어 있고 일대는 공원으로 다듬어져 있다.

시인이 죽은 지 45년 뒤(1655년) 무덤 앞에 비석이 세워졌고, 다시금 3년 뒤 시인의 시 수백 수 가운데 고을 사람들에 의해서 전해졌던 시 58편을 부안 고을 아전들이 돈을 모아 목판에 새겨 『매창집(梅窓集)』이란 이름으로 개암사에서 간행하였다. 또한 부안 출신 시인인 신석정(辛夕汀)은 이매창과 그의 애인 유희경과 직소폭포를 묶어 '부안삼절(扶安三絕)' 이란 이름으로 기념했다.

부안 시인들의 모임인 부풍시사(扶風詩社)에서 시인의 묘를 돌보기 전까지는 마을의 나무꾼들이 서로 벌초를 해 주며 돌보았다고 하며, 가극단이나 유랑 극단이 부안 읍내에 들어와 공연을 할 때에도 먼저 매창의 무덤을 찾아 한바탕을 놀면서 시인을 기렸다 한다. 아름다운 이야기가 아닐 수 없다.

앞의 시는 기생으로서의 매창의 생활이 그대로 드러난 작품이다. 글 속에는 두 사람의 인물이 나온다. 한 사람은 '취한 손님' 이요 또 한 사람은 '임' 이다. 어느 날 밤 취한 손님이 매창의 명주 저고리 옷자락을 잡고 실랑이를 하는 바람에 명주 저고리가 그만 찢어지고 말았다.

이를 본 매창은 명주 저고리와 명주 저고리를 준 임의 은정을 비교하며 애석해한다. 한갓 물건에 지나지 않는 명주 저고리가 찢어진 것은 대수롭지 않은 일이라 할지라도 그 바람에 은애(恩愛)하는 마음까지 찢어지고 말았을까 걱정하는 마음이 그것이다. 여인네의 섬세한 마음씨가 찢어진 명주 저고리로 잘 나타나 있다. 인간의 사랑하는 마음은 쉽게 나타날 수 없는 것인데 그걸 찢어진 명주 저고리로 표상화하고 있다. 일종의 시각 이미지이다. 원시는 이와 같다.

취객집라삼(醉客執羅衫)/ 나삼수수열(羅衫隨手裂)/
불석일라삼(不惜一羅衫)/ 단공은정절(但恐恩情絕)

— 이매창(李梅窓), 「증취객(贈醉客)」

레미 드 구르몽

낙엽

시몬, 가자. 나뭇잎 져버린 숲으로.
낙엽은 이끼와 돌과 오솔길을 덮고 있다.

시몬, 너는 좋아하니, 낙엽 밟는 소리를?

낙엽의 빛은 부드럽고, 그 소리 너무도 나직한데,
낙엽은 이 땅 위의 연약한 표류물.

시몬, 너는 좋아하니, 낙엽 밟은 소리를?

해질 무렵, 낙엽의 모습은 서글프고,
바람이 불어오면 낙엽은 정답게 속삭이는데,

시몬, 너는 좋아하니, 낙엽 밟는 소리를?

발길에 밟히는 낙엽은 영혼처럼 울고,
날갯소리, 여인의 옷자락 소리를 내곤 한다.

시몬, 너는 좋아하니, 낙엽 밟는 소리를?

오라, 우리도 언젠가는 가련한 낙엽이 되리니,
오라, 날은 이미 저물고, 바람은 우리를 감돌고 있다.

시몬, 너는 좋아하니, 낙엽 밟는 소리를?

젊은 시절 내가 무던히 좋아했던 시인 가운데 한 사람이 프랑스 시인인 레미 드 구르몽(Rémy de Gourmont, 1858~1915)이고, 또 좋아했던 작품이 그의 시 「낙엽」과 「눈」이다. 두 시 모두 '시몬' 이란 사람에게 말을 거는 대화체 형식으로 되어 있다. '시몬' 이란 누구일까? 고등학교 시절 모윤숙이란 여성 시인이 쓴 『렌의 애가』란 장시집이 있었다. 모든 젊은 세대들이 열광적으로 사서 읽던 책이었는데 더러는 책의 내용이 무엇인지도 모르고 읽는 아이들도 있었다. 어쩌면 나도 그 가운데 한 사람이었을지도 모른다. 주인공이 '렌' 이란 이름이었고 그 주인공이 애 터지게 부르고 또 부르는 상대 이름이 '시몬' 이었다.

꼭 그런 주변적인 이유만은 아니었다. 번역으로 된 시라지만 시가 매우 아름답고 곱고 깨끗했다. 순결한 소년이나 소녀의 속내를 살그머니 들여다보는 느낌이랄까? 상큼하고 향기로웠다. 그냥 좋았다. 좋다는 데에는 이유가 없는 법이다. 모든 옳고 그름에는 이유가 있다. 옳은 것은 맞은 것이요 그른 것은 틀린 것이다. 그러나 좋고 싫은 것은 맞는 것도 틀린 것도 없다. 그냥 좋으면 좋은 것이고 싫으면 싫은 것이다. 억지가 통하지 않는다. 그러기에 좋고 싫음이 더욱 어려운 문제이다.

가난하고 썰렁하던 젊은 시절, 이런 시마저 내게 없었다면 얼마나 호젓하고 버림받은 것 같은 젊은 날이었을까? 이 시를 읽으면서 얼마나 많은 슬픔과 외로움으로부터 위로를 받으며 살았는지 모른다. 그렇다! 위로. 우리는 위로가 필요하다. 고달프게 사는 사람일수록 누군가로부터 타인의 따스한 위로가 필요하다. 이렇게 위로를 주는 시는 얼마나 아름다운 시인가! 크나큰 덕성을 지닌 시인가! 나 스스로 시를 읽는 사람(타인, 독자)에게 위로를 주는 시를 쓰고 싶었다. 삶에 대한 희망을 주는 시를 쓰고 싶었다. 그런 시를 쓰고자 할 때 교과서 같은 시가 바로 구르몽의 두 편의 시였다.

감사한지고, 구르몽의 시편들이여. 이제금 나는 구르몽의 시들에게 경의를 담아 인사를 표해야만 할 것이다. 인용한 「낙엽」이란 시에 더하여 「눈」이란 작품을 옮겨 보면 다음과 같다.

> 시몬, 눈은 너의 목처럼 희고/ 시몬, 눈은 너의 무릎처럼 희다.// 시몬, 너의 손은 눈처럼 차고/ 시몬, 너의 가슴은 눈처럼 차갑다.// 눈은 불의 키스에만 녹고/ 너의 가슴은 이별의 키스에만 녹는가?// 눈은 소나무 가지에서 슬픈데/ 너의 이마는 밤빛 머리칼 밑에서 슬프구나.// 시몬, 너의 동생 눈은 정원 속에 잠들고 있다./ 시몬, 너는 나의 눈, 나의 사랑.
>
> — 레미 드 구르몽, 「눈」

사임당 신씨

대관령을 넘으며

늙으신 어머님을 고향에 두고
외로이 서울 길로 가는 이 마음
돌아보니 북촌은 아득도 한데
흰 구름만 저문 산을 날아 내리네.

사임당 신씨(師任堂申氏, 1504~1551)는 조선 선조 때 여성으로 본관이 평산(平山)인 신명화(申命和) 진사의 딸로 태어나 덕수(德水) 이씨(李氏) 이원수 공의 아내였으며 이율곡 선생의 어머니로 더욱 이름 높은 분이다. 우리나라 사람들로부터는 가장 모범적인 여성, 현모양처의 귀감으로 추앙받는 분이기도 하다. 길지 않은 생애(47세)에 7남매나 되는 자녀를 낳아서 훌륭하게 기르고 가르쳤으며 특히 화가로서 시인으로서 향기로운 이름을 남긴 분이다. 어려서부터 어머니로부터 글을 배워 시, 글씨, 그림에 일가를 이루었을 뿐더러 자수, 바느질과 같이 여인으로서 갖추어야 할 솜씨도 남달랐던 분이다. 당호가 사임당(師任堂)인데 시임당(媤任堂) 또는 임사재(妊思齋)라고도 불렸다. 특히 사임당이라는 당호는 중국의 역사 가운데 가장 모범적인 어머니상이었던 주나라 문왕의 어머니와 관계가 있다. 그분의 당호가 '태임(太任)' 이었는데 바로 그 태임이란 분을 스승으로 삼아 본받겠다는 의도로 '사임당' 이라고 정했다고 한다.

상당히 오래전의 일일 것이다. 70년대 중반쯤이었을까? 시단에 데뷔하여 얼마 되지 않았을 때, 또래 시인들의 시를 뜨거운 눈빛으로 찾아 읽으며 그 시를 쓴 사람조차 그리워할 때, 강원도 속초에 사는 이성선이란 시인이 문득 보고 싶어 무작정 길을 떠서 대관령을 처음 넘던 일이 있었다. 그 굽이굽이 아흔아홉 굽이라는 대관령 꼭대기에서 다시 문득 만났던 시가 바로 앞의 시이다. 우람하게 솟은 '신사임당사친시비(申師任堂思親詩碑)' 에 새겨진 글귀가 참 간절하고도 아름다웠던 기억이다.

시의 주인공은 지금 '늙으신 어머님' 을 고향에 두고 '서울' 로 가는 사람이다. 그 발길이 고적하고 외로울 수밖에 없는 일. 자식이 부모님을 그리는 정은 본능과 같은 것이다. 그 무엇으로도 말리지 못하는 마음이다. 그런 마음으로 늙으신 어머님이 계신 '북촌'을 바라본다. 어찌 마음 아프지 않았으랴. 문득 가던 길 돌아 달려가고 싶었을 것이다. 그때 시인의 눈에 들어오는 것은 '흰 구름'이요 '저문 산'이다. 여기서 '저문 산'이란 굳이 저녁 무렵의 산이라고 고집할 것도 없는 산이다. 마음 구슬프고 애달프니 한낮이라도 눈앞에 들어오는 산은 '저문 산'인 것이다. 그야말로 심정적인 오브제(objet)로서의 산인 것이다. 이 시를 지을 때 신사임당의 나이는 38세. 어머님의 연세는 62세. 연로하신 어머님을 고향에 남겨 두고 남편의 집인 서울로 향하는 따님의 마음. 그 시절이나 지금이나 별로 다르다 할 것 없는 천륜의 마음이다. 작품 속의 따님은 그의 어머님을 그리워하고 있지만 나는 이 시를 통해 오래전 젊은 시절, 지금은 세상에 살아 있지도 않은 한 좋았던 시인 친구를 그리워한다. 모든 옛날은 이렇게 어디론가 흘러가 버리고 뒤에 남아 돌아보는 사람만 애달픈 마음이란 말인가!

시의 원문은 다음과 같은데 시에 나오는 '임영(臨瀛)'이란 강릉의 옛 이름이고 '북촌(北村)'은 옛 강릉에 있었던 한 마을의 이름을 말한다. 또한 시의 원제목은 '대관령을 넘다가 친정을 바라보며(踰大關嶺望親庭)'이다. 이 시에 대한 번역은 여러 사람의 것을 접할 수 있으나 대관령 위에 서 있는 시비에 새겨진 글을 옮겨 적어 보았다.

자친학발재임영(慈親鶴髮在臨瀛)/ 신향장안독거정(身向長安獨去情)/
회수북촌시일망(回首北村時一望)/ 백운비하모산청(白雲飛下暮山靑)

— 사임당 신씨(師任堂申氏), 「유대관령망친정(踰大關嶺望親庭)」

이시카와 다쿠보쿠

아내를 위하여

친구들 모두 나보다 잘난 듯이 보이는 날은
꽃다발 사들고 와
아내와 오순도순

아이를 업고
눈보라 몰아치는 정거장에서
나를 배웅해 주던 아내의 속눈썹이여

책 사고 싶다, 책을 사고 싶다고
귀를 울리는 심술은 아니지만
처에게 말해 본다

그 옛날 아내 그리던 소원은
음악 속에서 살아가는 것이었지
지금은 노래 잃어

여덟 해 전의
현재의 내 아내의 편지 한 묶음
어디다 두었던가 마음에 걸리누나

인연을 끊은 딴 남의 여자처럼
나의 아내가 멋대로 구는 날에
달리아만 본다

고양이 치면
고양이가 또다시 부부싸움의 원인이 되고 말리
슬픈 우리 가정

우리 뜰 밖을 흰 개가 지나갔다
돌아다보고
개를 길러 보자고 아내와 상의한다

한국과 중국, 일본 등 삼국에는 각각 고유한 시가 양식이 있다. 중국의 한시 형식이 그렇고, 한국의 시조 형식이 그렇고, 일본의 하이쿠와 와카가 또한 그렇다.

일본 시가의 전통은 멀리 7세기 후반에서 8세기 후반에 걸쳐서 만들어진 『만요슈(萬葉集)』로부터 그 뿌리를 찾는 것이 정설인데, 렌가(連歌)→ 와카(和歌)→ 하이쿠(俳句)의 순으로 음절의 수가 줄어들면서 오늘에 이르렀다.

와카는 총 31음절로 그 형식을 삼는다. 우리나라 시조보다 10여 자 더 적은데 5·7·5·7·7자로 구성된다. 여기서 뒤의 7·7을 떼어내고 5·7·5만 남겼을 때 하이쿠가 된다.

이시카와 다쿠보쿠(石川啄木, 1886~1912)는 일본인들이 지극히 사랑하고 자랑으로 삼는 국민 시인이다. 매우 조숙한 천재 시인이기도 하고 요절 시인이기도 하다. 우리나라로 말하면 김소월이나 윤동주 같은 시인인데 일본 역사상 가장 사회 변화가 심했던 명치유신 시대에 살았던 사람이다.

겨우 26년밖에 세상을 살지 못했다. 그것도 온갖 고생과 인생의 고초를 겪으며 살았다. 출생지는 일본 이와테 현(岩手縣). 그러나 아버지가 시부타부 마을의 보덕사란 절의 주지가 됨으로 거기서 성장, 모리오카중학교에서 5학년까지 공부를 했다. 중학 5학년 때(1902년, 17세) 도쿄의 유명한 문예지 『명성(明星)』에 와카 한 편이 발표되어 등단했고(등단작 : '피로 물들인 노래를 내 세상의 마지막 삼아, 방랑하는 이 들에 높이 외치는 가을'), 이어서 도쿄로 가 『명성』의 책임자인 요사노 데칸 씨를 찾아 시에 대한 지도를 받고 귀향, 와카보다는 자유시(장시)에 치중했다. 그리하여 나온 것이 첫 시집 『동경(憧憬)』(1904년, 19세). 이 시집은 문단으로부터 상당한 호평을 얻는 데 성공한다.

시인의 본명은 이시카와 하지메(石川一). 우리가 아는 다쿠보쿠(啄木)란 이름은 스승 요사노 데칸 씨로부터 받은 아호(雅號)이다. 그에게는 13세 때부터 사귀어 온 애인이 있었다. 호리아이 세쓰코(堀合節子) 씨. 시집 출간과 더불어 다쿠보쿠는 결혼을 한다. 허나, 운명의 신은 그에게 그때부터 인생의 시련을 안기기 시작한다.

아버지, 보덕사 주지 해임. 고향 시부타부초등학교 임시 교사가 되어 귀향, 일가족 이주. 스트라이크를 일으켜 교장을 전출시키고 학교에서 면직. 다시 가족과 함께 홋카이도(北海道) 이주. 여러 곳(하코다테, 삿포로, 오타루, 구시로)을 떠돌며 일자리를 찾으며 유랑함. 끝내 단신으로 다시 도쿄로 건너감. 소설을 쓰기 시작. 도쿄 아사히신문사 입사. 가족이 다시 모임. 아내, 어머니와의 갈등으로 친정집으로 딸과 함께 가출. 대역 사건[고토큐 슈스이(幸德秋水) 사건]에 영향받아 사회주의 사상에 깊은 관심을 가짐. 아사히 가단(朝日歌壇)의 선자로 임명. 가집 『한줌의 모래』 출간. 만성 복막염으로 입원. 아버지, 궁핍한 생활을 견디다 못해 가출. 어머니, 폐결핵으로 사망. 한 달 만에 다쿠보쿠도 폐결핵으로 사망(1912년, 26세). 이듬해 아내도 둘째 딸을 낳고 역시 폐결핵으로 사망. 참으로 슬픈 가족사요 개인의 내력이다.

다쿠보쿠의 작품은 낭만주의 경향, 자연주의 경향, 사회주의 경향 등 세 가지로 분류된다. 와카가 훌륭하지만 만년에 쓴 장시(자유시)는 시대

정신을 앞서 가는 선구적인 시로 평가되고 있다. 바로 사회주의 경향의 작품들인데 이 작품들은 그의 두 번째 가집인 『슬픈 장난감』과 더불어 사후에 책으로 출간하게 된다.

다쿠보쿠의 와카는 몇 가지 점에서 주목된다. 첫 번째는 지금까지 학자나 귀족들의 와카가 자연과 인생과 사랑을 관념적으로 노래해 온 데 비해 그 주제나 내용을 넓은 인간 세계로 해방시키면서 생활 속의 실감을 노래했다는 점이다. 두 번째는 지금까지 한 줄로 써 오던 와카의 형식을 세 줄로 쓰기 시작했다는 점이다. 이는 자유시적인 요소의 도입으로서 매우 독창적이라 할 것이다. 세 번째는 순간의 느낌 내지는 생명 감각을 시로써 매우 잘 발현시켰다는 점이다. 그리하여 그의 와카는 오늘날까지 여전히 감동적인 시로 남게 되는 빌미를 제공한다.

앞에 열거한 시들은 여러 책에서 골라낸 시인의 아내에 관한 작품들이다. 시기별로 아내를 대하는 심리 상태가 조금씩 변하고 있음을 본다. 아내는 남자에게 있어 첫사랑의 여인일 수도 있겠지만 생활과 인생의 반려가 되는 사람이다. 아내야말로 남편에게는 마지막 기댈 보루와 같은 사람. 뜬구름 잡는 시인에게 있어서 더욱 그러하다.

그것은 다쿠보쿠에게도 마찬가지. 온갖 사랑과 안쓰러움과 갈등의 대상으로서 아내가 그려져 있다. 어린 나이 때부터 오랜 연애 기간을 거쳐 만난 아내라 해도 살다 보면 이런저런 일들이 생기는가 보다. 그러고 보면 세상은 변하고 나라는 달라도 사람 사는 형편은 비슷한 데가 많다는 생각이다.

내가 다쿠보쿠를 처음 안 것은 고등학교 다니던 시절인 60년대 초. 당시는 한일회담이 성사되어 일본의 문학 서적이 물밀 듯이 번역되어 출간되던 시절이다. 소설책이 많았지만 시집도 있었다.

『혼자 가리라』. 김용제(金龍濟)란 시인이 번역한 책(1960년, 신태양사 발행). 그런데 그 번역자가 알아주는 친일 문인이었다. 일본어로 직접 시를 써서 시집을 다섯 권이나 낼 정도니 알아볼 만했다. 그러나 번역만큼은 유려했고 우리 말맛에도 잘 어울렸다. 개인적 입장에서 나는 청소년 시절 이런 책을 만난 것을 매우 고맙게 생각한다. 이런 책으로 하여 비록 일본말을 모르는 사람이지만 일본시의 진수를 맛볼 수 있는 기회를 얻었으니까 말이다. 이 책이 나의 시에 수월찮은 영향을 끼쳤음을 오늘에 와 나는 쉽게 부인하지 못한다.

도연명

국화꽃을 따다가

초막을 짓고 인가 부근에 살아도
수레와 말 시끄러움을 느끼지 않네.
그대에게 묻는다. 어째서 그러한가?
마음이 세속과 멀어지니 저절로 그러하다네.
동쪽 울타리 밑에 핀 국화꽃을 따노라니
유연(悠然)히 다가오는 남산의 이마,
산의 기운은 아침저녁으로 아름다워
새들은 무리 지어 돌아온다네.
이 가운데 인생의 참뜻이 들어 있으니
말을 하고자 하나 말로 하기 차마 어렵네.

도연명(陶淵明, 365~427), 그는 이백과 함께 우리나라 사람들에게 가장 친숙한 중국 시인이다. 글줄이나 읽었다 싶은 사람은 도연명의 "채국동리하(採菊東籬下)/ 유연견남산(悠然見南山)" 한 구절쯤은 외우는 바일 것이다.

도연명. 중국 동진(東晉) 말기부터 남조의 송대(宋代)에 걸쳐 살았던 시인. 노장(老莊) 철학을 문학과 생활로 실천한 시인. 우리가 아는 시인의 이름 연명은 그의 자(字). 이름은 잠(潛). 집 앞에 버드나무 다섯 그루를 심어 놓고 자칭 '오류 선생(五柳先生)'이라 불렀던 괴짜 시인. 생존 당시에는 기교를 부리지 않은 평명하고 담백한 시풍이 생활시로 평가되어 경원시되었으나 뒷날 두고두고 후진 시인들로부터 존경을 받았고 당대(唐代)에는 맹호연(孟浩然), 왕유(王維), 저광희(儲光羲), 유종원(柳宗元) 등의 시에 영향을 주었다는 평을 받고 있다.

뼈대 있는 가문에 태어났으나 풍족하지 못한 집안에서 성장하여 늦은 나이(29세)에 벼슬길에 올랐지만 그마저도 여러 차례 드나듦을 되풀이했다. 시인이 벼슬자리에 있었던 것은 오직 난세에 생활을 도모하기 위한 방편이었을 뿐이었다. 항상 전원생활에의 꿈을 버리지 않았던 시인은 드디어 41세 되던 해에 누이의 죽음을 계기로 현령(縣令)의 벼슬을 사임했다. 시인의 전기에 의하면 상관의 순시 때 출영(出迎)을 거부하고 "내 어찌 쌀 다섯 말 때문에 시골의 소인배에게 허리를 굽히랴."라고 말하고 벼슬을 버렸다 한다.

이때 지은 것이 「귀거래사(歸去來辭)」란 그 유명한 작품이다. 이후 시인은 영영 세상의 관직에는 나가지 않았다 한다. 스스로 괭이를 들고 농

경생활을 즐겼으며 가난과 병고를 견디며 62세까지 살다가 생애를 마쳤다 하니 오랜 옛날 시인이지만 그 삶의 자취가 향기롭기만 하다. 『고문진보(古文眞寶)』같이 동양 역사상 값진 글들을 모아 놓은 책에서 이름과 작품이 가장 많이 올라 있는 시인이 또 도연명임을 아는 사람은 알 터이다.

앞의 시는 본래 '음주(飮酒)'란 제목으로 쓰여진 20편 연작시 가운데 다섯 번째 작품이다. 자연을 벗하며 사는 은사(隱士)의 초연한 심경과 생활이 잘 드러나 있다. 벼슬을 버렸으되 세상까지는 버리지 않은 시인. 인가 근처에 집을 짓고 살았다는 것이다. 하지만 세속에서 오는 온갖 영욕의 소리에는 귀를 막고 관심 없었다. 왜 그런가? "마음이 세속과 멀어지니 저절로 그러하다네."라고 시인은 대답하고 있다.

유유자적, 시인은 울타리 밑에 피어난 국화꽃을 따기도 한다. (국화주라도 담으려 했던가.) 국화꽃을 따 가지고 일어서니 남산의 모습이 슬몃 보인다. 이때의 '본다'는 뜻은 '망(望)'이 아니라 '견(見)'이다. 이는 보는 쪽에서 의도를 가지고 일부러 보는 것이 아니라 저절로 보여서, 보는 것이다. 이를 두고 후대의 소동파(蘇東坡) 같은 이는 견(見)을 망(望)으로 고치면 시의 '신기(神氣)가 삭연(索然)해진다'고까지 말하고 있다.

아침저녁으로 더욱 아름다워지는 산 기운이며 그 기운을 찾아 무리 지어 돌아오는 새들은 시인과 결코 둘이 아니다. 그러니 그 비밀한 속내를 어찌 말로 다 표현할 수 있단 말인가? 여기서 시인의 한숨 같은 하소연 같은 말이 나온다. 정말로 좋은 건 그냥 좋은 것이고 그냥 좋은 그 자리에 놓아두는 것이 좋은 것이라고. 그래서 말로 하긴 해야 하겠는데 그 말을 끝내 잊고 말았노라고. 이렇게 오늘날 우리가 오래전 옛날 한 시인의 고

매한 정신과 본받기 어려운 아름다운 생활을 한 편의 시를 매개로 하여 만나게 됨도 매우 복된 일이라 하겠다. 시의 원문은 이러하다.

> 결려재인경(結廬在人境)/ 이무차마훤(而無車馬喧)/ 문군하능이(問君何能爾)/ 심원지자편(心遠地自偏)/ 채국동리하(採菊東籬下)/ 유연견남산(悠然見南山)/ 산기일석가(山氣日夕佳)/ 비조상여환(飛鳥相與還)/ 차중유진의(此中有眞意)/ 욕변이망언(欲辨已忘言)
>
> — 도연명(陶淵明), 「음주(飮酒) · 5」

아이헨도르프

산에서

저 산 아래
조그만 오막살이에 살고 있던
사랑하는 사람은 무덤으로 가버렸다.
둘이 같이 앉아 있던 집 앞
그 앞에 서 있던
나무만이 남아 있고…….

언제든 그 집을
보지 않을 수 없다.
보아도
보아도 눈물로 잘 보이지 않는다.
나도 산 밑으로 내려가
거기서 혼자 죽고 싶다.
그를 따라서.

공주에서 고등학교 다닐 때니까 50년도 훨씬 전의 일인가 보다. 공주 시내엔 헌책방이 많았다. 일찍이 교육 도시로 알려지면서 학생들이 많은 탓이었을 것이다. 헌책방에는 모든 종류의 책들이 다 있었다. 묵은 잡지부터 참고서, 오래전에 출간된 문학 서적들도 있었다. 거기서 좋은 책을 만나는 재미가 쏠쏠했다.

바로 그때 만난 책 가운데서 읽은 시가 앞의 시이다. 장만영(張萬榮) 선생의 번역으로 된 책. 서양의 각 나라마다 서정시를 골라 번역하여 한 권씩 묶여 있었다. 『독일 시집』에서 만난 여러 시인 가운데 한 사람으로 요제프 폰 아이헨도르프(Joseph Freiherr von Eichendorff, 1788~1857)를 만났다. 독일 후기 낭만파 시인. 할레대학과 하이델베르크대학에서 철학과 법률학을 공부했고 향토색 짙은 서정시를 많이 써 독일 최후의 낭만파 시인이라 불렸던 시인. '그 어떤 시인도 그처럼 매혹적인 필치로 자연을 묘사할 수 있는 사람은 없다' 는 평을 들은 시인. 그런 만큼 시인은 '독일의 숲의 시인' 으로 불리기도 했다. 소설가와 희곡 작가로도 활동했으며 만년엔 좋은 평론을 남기기도 했다.

번역자(장만영 시인)의 취향이 그래서 그랬던지 「산에서」는 소품이지만 청년적인 그리움을 바탕으로 매우 정감 있는 시로 각인되었다. 더구나 마음속에 소녀 한 사람의 모습을 새기며 첫사랑의 열병을 앓던 나에게는 더욱 그랬다. 남자치고 젊은 시절 이런 환상을 한 번쯤 갖지 않은 사람이 있었을까? 운명처럼 만나서 꿈결처럼 사랑하고 형벌처럼 헤어지고 만 한 사람에 대한 추억.

그런 뒤 얼마나 많은 시간이 흘렀던가……. 최근 헤르만 헤세의 그림

문집 『방랑』(김창활 역, 1977, 태종출판사)을 다시금 꺼내 읽다가 거기서 시인의 이름을 만났다. 헤세는 「한낮의 휴식」이란 글의 후반부에 자기가 좋아하는 시인이라고 아이헨도르프의 이름을 밝히면서 시 한 구절을 적어 놓고 있었다. "곧, 아, 이제 곧 고요한 때가 오리니,/ 나 또한 쉬리라./ 그리고 내 위에 아름다운 숲속의 고요가 일면,/ 이곳에서도 나에 대해 아는 사람 하나도 없어라." 이런 분위기의 시는 일찍 괴테한테도 있었고 헤세의 어느 시에서도 나타났던 하나의 특징.

그래서 옛날 책을 뒤적여 시인의 시를 다시 읽어 보았다. 젊은 시절 읽었던 느낌이 살아났다. 그렇게 하여 이 시는 잊혀졌다가 다시 찾은 시이다. 어려울 것도 없는 내용이다. 시의 화자는 산 위에서 한 오막살이를 내려다보고 있다. 그 집은 사랑했던 소녀가 살던 집. 그 집 앞 나무 아래 소녀랑 둘이서 앉아 있기도 했었다. 그런데 지금 그 나무는 혼자 외롭게 서 있을 뿐이다. 이러한 사실들이 그에게 슬픔을 준다.

왜인가? 그 집에 살았던 소녀, 시인이 사랑해 마지않던 소녀가 세상을 뜨고 만 것이다. 죽음은 영원한 이별. 산 위에 올라서면 언제나 그 집을 보지 않을 수 없다. 그러나 보고 있어도 집은 보이지 않는다. 눈물이 고여 시야를 가리기 때문이다. 그래서 시인은 꿈꾸어 본다. "나도 산 밑으로 내려가/ 거기서 혼자 죽고 싶다."고. 죽음에의 유혹이다. 이러한 격정, 단도직입이야말로 젊음의 특권이요 자랑이 아니고 무엇이겠는가.

그러나 시인은 정말로 죽을 수 있었을까? 그랬을 것이라고 믿는 사람은 아무도 없다. 우리는 그만큼 영악한 사람들인 것이고 시인 또한 그런 범주에서 크게 벗어나지 않는 사람이다. 모든 남녀 간의 사랑이 그러하듯이 그런 감정 또한 한때의 울적함에서 나오는 흥분일 뿐이다. 한 사람은 죽고 한 사람은 남아 추억하는 것이 인생이다.

하지만 진정 인간에게 영혼이 있다면 땅속에 들어 있는 사람에겐 그런 남은 자의 울분이나 슬픔이 다소나마 위안이 되었을 것이다. 그때나 이때나 사람과 사람의 사랑은 그저 애달프고 부질없기만 하다.

사포

저녁별

저녁별은
찬란한 아침이
여기저기에다
흩어 놓은 것들을
모두 제자리로
돌려보낸다.
양을 돌려보내고
염소를 돌려보내고
아이들을 그 어머니 손에
돌려보낸다.

인류 최초의 여성 시인 사포(Sappho, B.C. 612?~ ?). 기원전 6세기 경 그리스의 작은 섬 레스보스에서 살았다 한다. 그런데 그의 시의 문장들이 오늘날까지 전하고 있다니 놀라운 일이다. 문자의 힘이, 그 전승의 힘이 얼마나 막강한가를 알 수 있다 하겠다. 또한 문학의 영향력이 얼마나 위대한가를 실감하는 대목이기도 하다. '다작 시인으로, 서정시 · 만가(挽歌) · 연가 · 축혼가 모두가 솔직 · 간명 · 정확한 표현으로 개인적 내용을 노래' 하였다고 기록되고 있다.

전기에 대한 확실한 사실은 전하는 바가 없고 후세 사람들에 의해 많이 윤색된 내용이 전하고 있을 뿐이다. 결혼하여 살다가 딸 하나를 낳고 남편이 죽자 아름다운 소녀들을 모아 시와 음악을 가르쳤으며 문학을 애호하는 여성 그룹을 결성 · 활약했다고 한다. 그래서 오늘날 여성 동성연애자들을 말하는 레즈비언이란 용어도 그녀가 살았던 섬의 이름인 레스보스 섬에서 연유했다고 전하는 바이다.

오늘날 우리가 만나는 사포의 시 「저녁별」은 단순 구조를 지닌 매우 평명하고 아름다운 시이다. 두 문장으로 되어 있다. 앞의 문장은 전제이고 뒤의 문장은 그에 대한 구체적인 현상이다.

밤과 낮의 운행과 변화. 그것은 지구 생성 이래로 계속된 일이다. 매우 반복적인 일이고 통상적인 일이다. 전혀 새로울 바가 없는 일상적인 일이다. 그런데 기원전의 시인은 그것을 매우 신선하게 표현해 내고 있다. 놀랍게도 그 신선함이 오늘날까지 전혀 손상됨 없이 전해지고 있다.

이것은 시인 나름대로의 발견이 있기 때문이다. '저녁별' 이란 대상에 모아진 상상력의 발화는 결코 범상한 것이 아니다. 누가 그것을 보았고 누가 그것을 알았겠는가? 오직 시인의 혜안만이 그것을 느끼고 시로 표현해 냈을 뿐이다.

그런 의미에서 시인은 또 하나의 발견자이고 과학자이고 명상가이고 철학자이다. 여전히 '저녁별'은 한낮의 동물들을 그의 집으로 돌려보내고 놀이에 팔린 아이들을 어머니의 품으로 돌려보낸다. 이러한 평화가 그 시절에도 존재했으며 오늘날까지 유지되고 있다는 사실은 참으로 고맙고 감사한 노릇이다. 이렇게 시 한 편이 주는 덕성은 크고도 아름다운 것이다.

장 콕토

산비둘기

두 마리의 산비둘기가
사랑하는 마음으로
산 너머로 날아갔습니다.

그 다음은
말씀드릴 수가 없습니다.

프랑스 사람, 장 콕토(Jean Cocteau, 1889~1963)는 매우 다재다능한 인물이다. 시인이면서 소설가, 극작가로 활동했고 화가이기도 했으며 영화감독이기도 했다. 한 사람의 능력으로 감당하기 어려운 일을 해낸 사람이다.

그렇지만 우리의 기억 속에서 역시 그는 시인으로 남아 있는 사람이다. 시 가운데서도 가장 인상 깊은 시는 「귀」라는 작품. 이 작품은 웬만큼 책을 읽었거나 문학에 관심을 가진 사람이라면 누구나 알고 있을 법한 시이다. 그만큼 특별하고 깜찍한 작품이다.

역시 시는 짧아야 한다는 것을 이런 데서도 우리는 깨닫고 배우게 된다. "내 귀는 소라 껍데기/ 항상 바다 물결 소리 그리워한다." 딱 두 줄로 된 시이다. 거두절미(去頭截尾)란 말이 있지만 바로 이 시가 그렇다. 머리도 꼬리도 떼어 버리고 몸통만 남겼다. 그런데도 하고 싶은 말이나 표현은 다 담았다. 사람의 귀와 바다에 사는 소라의 모양새가 비슷하다는 점에 착안, 그 안에 무한히도 넓고 아득한 바다의 세계, 그 상상력을 응축시켰다.

앞의 시 「산비둘기」 역시 매우 사랑스럽고 조그만 시이다. 그러나 그 내용만은 크고도 항구적인 것을 다루고 있다. '사랑' 이란 소재를 다루고 있지만 산비둘기의 그것으로 살짝 돌려서 말하고 있음이 범상치 않다. '사랑' 처럼 복잡하고 이중적이고 변화무쌍한 감정이 어디 또 있을까? 늘 버림 받은 것 같기도 하다가도 일시에 천하를 얻은 것 같기도 한 마음이 사랑이 주는 감정의 스펙트럼이다. 사랑 앞에 인간은 무한히 작아지기도 하고 커지기도 한다는 말이다. 그것은 가히 요술로 통할 수 있는 마음이다.

앞의 연은 하나의 객관 내지는 풍경이고, 뒤의 연은 작가의 감상 내지는 평가이다. 의견 개진이다. 그렇다. '두 마리의 산비둘기' 그들의 '사랑' 을 어찌 소상히 밝혀 말할 수 있겠는가. 오히려 말할 수 없는 것이 사랑이고 말할 필요가 없는 것이 사랑일 것이다. 조금쯤은 까발리고도 싶고 조금쯤은 숨기고도 싶은 묘한 비밀의 유혹이 사랑이 아닐까? 그것은 나의 사랑이든 남의 사랑이든 마찬가지다.

어쨌든 이 시도 매우 사랑스런 시임에는 틀림이 없다. '좋은 시는 설명 없이도 전달된다' 는 말을 이런 시를 통해서 다시 한 번 우리는 각성하게 된다.

막스 자코브

지평선

그녀의 하얀 팔이
내 지평선의 전부였다.

더 이상은 없다. 이것이 모두다. 한 편의 시다. 싱겁고도 엉뚱하다. 그렇지만 그 엉뚱함과 싱거움이 큰 반향을 불러온다. 어라? 이게 정말 다란 말인가? 그렇다면! 그래서 새롭게 발을 멈추고 뒤돌아보고 안을 들여다보는 마음이 있다. 시인은 어쩌면 이 점을 노렸는지도 모르는 일이다.

세상에는 이렇게 짧은 시도 있다. 짧은 시, 하면 일본의 정형시 하이쿠를 떠올리는데 서양 사람의 시에도 이렇게 짧은 시가 있다. 하기는 시란 문학 형식은 본래 짧아야 한다는 전제를 가지고 태어난 문학 형식이 아닌가 한다. 그것이 시의 운명이다.

우리나라에도 요즘엔 극서정시(極抒情詩)란 이름으로 짧은 시에 대한 논의를 하고 있는 중이다. 말하자면 트위터 시대의 의사소통 기능에 알맞은 짧은 형식의 시를 말하는 것이다. 그렇다면 앞의 시가 바로 그런 극서정시의 한 표본 같은 시라고 할 수 있을 것이다.

시의 소재로 동원된 것은 "그녀의 하얀 팔"과 "내 지평선"이다. 하지만 그 둘은 전혀 연결이 되지 않는다. 언뜻 그렇다. 그러나 상상력에 의존해서 다시금 생각해 보면 전혀 연결이 되지 않는 것도 아니다.

가령, 가령 말이다. 시인과 한 여인이 있어 그 두 사람이 넓은 들판에서 있었다고 하자. 두 사람은 서로 사랑하는 사이인데 여인이 하얀 팔을 들어 지평선을 가리켰다 하자. 그때 여인의 새하얀 팔과 지평선이 겹쳐졌다고 하자. 그럴 때 시인은 그 팔을 자신이 살아가야 할 머나먼 삶의 지평선쯤으로 생각할 수도 있는 일이다. 그렇게 우리네 상상력과 인생은 엉뚱한 구석이 있다.

나아가 시인이 여인의 팔을 베고 누웠다 하자. 모처럼 시인은 평안한 안식의 마음에 이르고 그 마음이 드넓은 들판을 떠올리게 하고 그리하여 시인은 여인의 팔을 지평선이라고 생각하기에 이르렀다고 생각할 수도 있다. 하지만 이러한 모든 설명이나 해설은 부질없는 일이다. 그냥 시 그대로 두고 아무렇게나 허둥지둥 읽고 이렇게 저렇게 상상해 보는 것이 오히려 제대로 된 시의 감상인지 모른다.

야튼 이 시는 매우 특별한 시이고 아름다운 시이다. 시인 막스 자코브(Max Jacob, 1876~1944)는 프랑스 사람으로 유대계. 피카소, 모딜리아니 같은 화가와 친하게 지냈으며 아폴리네르와 함께 현대시의 선구자로 입체주의와 초현실주의의 탄생에 공헌을 한 인물이다. 그의 시는 '조리를 무시하고 기상(奇想)과 해학이 풍부' 한 시로 평가되고 있는데, 1944년 2월 독일군에 붙잡혀서 나치의 강제 수용소 드란 시 수용소에서 병사했다. 주요 작품으로 「중앙실험실」, 「마르튀프의 옹호」, 산문시 「주사위 통」 등이 있다.

에밀 베르하렌

지금은 좋은 때

지금은 좋은 때, 램프에 불이 켜질 때.
모든 것이 이토록 조용하고 평화로운 저녁,
새의 깃털 떨어지는 소리까지도 들릴 것 같은 이 고요함.

지금은 좋은 때, 가만가만히
사랑하는 사람이 찾아오는 바로 그런 때.
산들바람처럼 연기처럼
조용조용 천천히.

사랑은 처음엔 아무 말도 하지 않는다.
— 그런데도 나는 듣는다.
그 영혼을, 나는 알고 있다.
별안간 빛이 솟아나는 것을 보고
그 눈에 살그머니 입을 맞춘다.

지금은 좋은 때, 램프에 불이 켜질 때.
고백(告白)이,
하루 종일 혼자서만 망설이고 있었노라고.
깊고도 깊은, 그러나 투명한 마음 밑바닥에서
떠오를 때.

그리하여 서로 평범한 이야기를 주고받는다.
뜰에서 딴 과일에 대해서,
이끼 속에 피어난 꽃에 대해서,
또 낡은 서랍 속에서 우연히 찾아낸
옛날 편지에 대해서,

지금은 모두 사라져 버린 사랑의 추억에
마음은 순식간에 꽃을 피우며 감동에 몸을 떤다.

서양 사람이 쓴 시 가운데 이런 시가 다 있었을까 놀랍다. 매우 따뜻하고 고요하고 평화롭다. 명상적이기도 하다. 하루의 시간대로 친다면 저녁 무렵이요 인생의 연대로 본다면 장년기거나 노년기다. 그런데도 부정적인 느낌, 비탄의 마음은 전혀 없다. 상실과 소멸과 망각까지도 오히려 아름답게 보듬어 안는 부드러움과 따스함이 있다.

색깔로 친다면 연한 황토빛이거나 갈색이다. 그런데도 목마름보다는 편안한 마음 쪽으로 우리를 안내한다. 그렇다. 파스텔 톤이다. 파스텔의 그 은은한 색깔과 형상이 이 시의 배면에 흐르고 있다.

대뜸 시인은 "램프에 불이 켜질 때"인 저녁 시간을 "좋은 때"라고 밝히고 있다. 그 시간은 "조용하고 평화로운" 시간이며 "새의 깃털 떨어지는 소리까지도 들릴 것 같은" 시간이라고 말하고 있다. 일견 쉬워 보이지만 이렇게 말하기는 쉬운 일이 아니다. 이것은 하나의 인생관의 문제요 철학의 문제이기에 그렇다.

이렇게 저녁 시간을 받아들여 시인은 '사랑'과 '영혼'과 '고백'에 대해서 다정한 목소리로 이야기를 들려준다. 당신은 그렇지 않느냐고 묻는 것 같다. 그렇게 함으로써 우리더러도 그런 세계에 이르라고 타이른다.

끝부분에 가서 시인이 결론적으로 말하고 싶어하는 것은 '평범한 이야기'이다. 일상의 이야기, 일상의 기쁨, 생활의 즐거움이다. 우리에게 이보다 소중한 것은 없다. 삶이 행복하다고 느끼는 사람은 바로 이 일상의 기쁨을 발견한 사람이다. 차이는 그것밖에는 없다. 그래서 시인이 말하는 '과일'이나 '꽃'이나 '옛날 편지' 같은 것들은 그냥 보잘것없는 소품이 아니라 우리네 삶에 있어서의 소중한 동행이 되는 것이다.

결국 이 시가 나이 든 사람의 시라는 것을 우리는 맨 마지막 연에서 확인할 수 있겠다. "지금은 모두 사라져 버린 사랑의 추억"으로 보아 앞에서 말한 것들은 과거에 있었거나 지금은 멀리에 있는 그리운 존재들일 뿐이라는 것이다. 그런데도 시인은 그런 상황을 불평하거나 억울하게 생각지 않고 모든 것을 인정하고 감싸 안는다. "마음은 순식간에 꽃을 피우며 감동에 몸을" 떨 줄 아는 사람이기에 그렇다.

참 좋은 시, 참 편안하고 아름다운 시 한 편을 우리가 읽었다 하리라. 우리들 상처받은 마음을 쓰다듬고 위로해 주는 시. 이 시를 쓴 시인 에밀 베르하렌(Emile Verhaeren, 1855~1916)은 벨기에 사람으로 좋은 집안에서 태어나 법률 공부를 했으나 문학으로 전향, 시인이 되었다. 시와 함께 소설도 쓰고 희곡도 쓰고 예술 비평도 썼다. 생전에 서정 시인으로 명성을 얻었는데 30권도 넘는 방대한 시집으로 하여 미국의 휘트먼이나 프랑스의 빅토르 위고와 비견되는 시인으로 평가되고 있다.

시인이 평생 집중적으로 다루었던 시의 주제는 세 가지. 플랑드르[Flandre, 벨기에의 도시, 영어로는 플랜더스(Flanders)] 화가들의 위대함에 공감을 표하는 작품과, 보통 사람들의 행복을 찬미하는 작품과, 물질에 대한 지성의 승리를 찬양하고 산업 시대의 서사적 아름다움을 찬미하는 작품들로 알려져 있다. 앞의 작품은 두 번째 경향에 속하는 작품으로 보인다.

시인은 프랑스 루앙 역에서 실수로 열차에서 떨어져 죽었는데, 아내에 대한 사랑을 고백한 시집을 두 권이나 내기도 했다. 특별하고 아름다운 시인이다.

폴 베를렌

거리에 비 내리듯

거리에 비 내리듯
내 가슴에 눈물이 흐르네.
가슴속에 스며드는
이 우수는 무엇일까?

땅 위에 지붕 위에
오, 부드러운 빗소리!
권태로운 가슴에는
오, 비의 노래여!

울적한 이 가슴에
까닭 없는 눈물이 흐르네.
아니, 배반도 없는데?
이 슬픔은 까닭도 없네.

까닭 모를 아픔이
가장 괴로운 것을,
사랑도 미움도 없이
내 가슴 괴로워라.

폴 베를렌(Paul-Marie Verlaine, 1844~1896)은 일찍부터 우리에게 친숙한 프랑스의 상징주의 시인이다. 처음 소개된 것은 안서(岸曙) 김억(金億)이 번역하여 출간한 우리나라 최초의 번역 시집 『오뇌의 무도』란 시집에 의해서이다. 이 시집에 보들레르의 시와 함께 앞의 시가 소개되었던 것. (그러나 옮긴 작품은 불문학자 오증자 씨의 번역을 따랐다.)

베를렌은 부유한 가정에서 태어나 행복한 유년 시절을 보내고 파리대학에서 법학을 공부했으며 한때 보험 회사에서 근무하기도 했으나 평생을 시인으로 일관했던 사람이다. 아름다운 부인(마틸드 모테)과 결혼했으나 주사(酒邪)가 심하고 연하의 시인 랭보와 동성애에 빠져 이혼했으며, 랭보에게 권총을 발사한 사건으로 2년간 교도소 생활을 하기도 했다.

감옥에서 나온 뒤로는 가톨릭에 귀의하기도 했으나 추문과 빈궁 속에 말년을 보내다가 끝내 52세를 일기로 동거하던 창녀가 지켜보는 가운데 세상을 떠났다. 그러나 생전에 20권에 이르는 방대한 작품을 남겼으며 1894년에는 시왕(詩王)에 선출된 바 있고 세기말의 대시인으로 추앙되었다.

앞의 시는 매우 감미롭고 애상적인 작품이다. 누군가 귓가에서 속삭이는 듯하고 어디선가 슬픈 악기 소리가 들리는 듯한 작품이다. 아무래도 계절은 늦여름 아니면 가을철. 추적추적 비가 내리는 날. 주제는 슬픔과 권태와 우수. 그 세 가지 감정은 어떻게 다르며 어떻게 이웃하는 걸까?

어쨌든 이들은 마이너 감정들이다. 때로는 이러한 마이너 감정들이 사람의 마음을 울리고 또 위로해 주고 감싸 안아 주는 기능을 할 때도 있다. 슬픈 마음일 때 슬픈 노래를 들으면 위로를 받듯이 말이다. 한때는 이런 작품을 읽으며 마음속 애상을 키우기도 하고 달래기도 하던 시절이 있었다. 그 시절 아름답던 우리들 청춘이여. 푸르고 푸르던 숨결이여. 지금은 다 어디로 갔는가?

무엇보다도 음악성을 중시한 그의 시는 다채로운 기교를 구사하며 유현한 운율과 비애감을 잘 표현한 작품으로 평가되고 있다. 시집으로 『화려한 향연』, 『좋은 노래』, 『말없는 연가』, 『예지』 등이 있고 평론집으로 『저주받은 시인들』, 회상기 『나의 감옥』, 『참회록』이 있다. 대중들에게는 랭보와의 동성애를 그린 영화 「토탈 이클립스(Total Eclipse)」로 알려진 시인이기도 하다.

기욤 아폴리네르

미라보 다리

미라보 다리 아래 센 강이 흐르고
우리들 사랑도 흘러간다
내 마음속 깊이 아로새기리
기쁨은 언제나 괴로움 뒤에 오는 것

밤이여 오라 종아 울려라
세월은 가고 나는 여기 남는다

손에 손을 맞잡고 얼굴을 마주 보아라
우리들 발아래 다리 밑으로
영원의 눈길에 지친 물결이
저렇듯 천천히 흘러내린다

밤이여 오라 종아 울려라
세월은 가고 나는 여기 남는다

사랑은 흘러간다 이 강물처럼
우리네 사랑도 흘러만 간다
어쩌면 인생은 이다지도 지루하고
희망은 또 왜 이리 세찬 것인가!

밤이여 오라 종아 울려라
세월은 가고 나는 여기 남는다

하루하루 지나가고 세월도 흘러가고
지나간 날들은 돌아오지 않는다
우리들 사랑은 돌아오지 않는데
미라보 다리 아래 센 강은 흐른다

밤이여 오라 종아 울려라
세월은 가고 나는 여기 남는다

미라보 다리. 제대로 가사를 알아듣지는 못하지만 샹송으로 아슴아슴 귀에 익은 노래요 그 노래의 제목이다. 콧노래가 들어 있는 여성의 목소리로 부르는 감미로운 노래. 이베트 지로(Yvette Giraud)란 여자 가수가 불렀다는 노래.

본래 이 노래는 프랑스 시인이며 소설가인 기욤 아폴리네르(Guillaume Apollinaire, 1880~1918)의 시를 가사로 하여 레오 페레(Leo Ferre)란 사람이 1952년 처음 곡을 붙여 노래 불렀는데 뒤이어 이베트 지로와 티노 로시, 시몽 랑그루아, 미셸 아르노 등 여러 가수가 불러 세계적으로 인기를 얻은 곡이다.

알다시피 샹송은 우리나라의 유행가 같은 프랑스 민중의 노래. 미라보 다리는 프랑스 파리의 센 강 위에 놓인 37개나 된다는 다리 가운데 하나. 1895~1897년에 지어졌다 하니 아폴리네르가 살아 있는 동안 생겨난 다리이다.

이 다리가 시인에 의해 시로 쓰여지고 또 작곡가와 가수에 의해 노래 불림으로 유명해지고 따라서 파리가 관광 명소로 더욱 각광받는 데 도움을 주었다니 놀라운 일이다. 나부터도 파리에 갔을 때 노트르담 사원, 퐁네프 다리와 함께 이 다리를 보고 싶어했으니까 말이다. 새삼 시와 노래의 힘을 실감한다.

아폴리네르는 로마에서 시칠리아 왕국의 퇴역 장교 출신 아버지와 폴란드 귀족 가문의 어머니 사이에 태어났다. 19세에 파리로 진출, 유럽 여러 곳을 여행했고 이를 시와 소설로 썼다. M. 자코브, A. 살몽 등 시인과 피카소, 브라크 등 화가와 친교를 가지면서 새로운 예술 경향의 발족에 영향을 끼쳤다.

생전에 시인에게는 영국의 한 젊은 여성과의 사랑과 실연도 유명하지만 화가이기도 한 마리 로랑생(Marie Laurencin, 1883~1956)과의 사랑 이야기가 유명하다. 남의 이야기라도 사랑 이야기는 마음이 아프다. 더구나 실연의 이야기는 마음을 아프게 한다.

세상의 모든 사랑 이야기에는 해피 엔딩이 드문 법. 몇 줄의 기록으로 남고 소문으로 떠돌다가 그마저 사라지고 마는 법. 결국 시인은 화가 애인과 이별을 하고 그 아픔을 시로 남긴다. 그래서 사랑과 이별은 영원히 기억되고 오늘날 우리의 것이 될 수도 있었던가? 정말로 그것이 그렇다면 운명의 신은 잔인하다고밖에 말할 수 없는 일이다.

노래 형식으로 볼 때 4절 정도의 노래로 읽힐 수 있다. "밤이여 오라 종아 울려라/ 세월은 가고 나는 여기 남는다"는 일종의 후렴구이고, 또 이 시에서 키워드라 할 수 있겠다. '세월은 가고 나는 여기 남는다' 는 하나의 자기 확인이면서 조용한 회한이다. 그렇다. 사랑도 가고 세월도 가고 강물도 흐르고 다만 나만 남는다는 생각은 우리의 마음을 쓸쓸하게 하고 슬프게 한다. 그러나 그렇게 생각하는 나조차도 실은 흐르는 존재 가운데 하나다.

배경은 밤이거나 저녁 무렵, 종이 울리는 시각이다. 센 강이 흐르는 미라보 다리 위에 시인은 혼자 서서 흘러간 사랑과 사라진 시간을 아쉬워하면서 마음속으로 흐느끼고 있다. 흐른다는 것은 변화를 말하고 넓은 의미에서 상실을 의미한다. 상실 뒤엔 다만 그리움, 아쉬움, 슬픔 같은 어슴푸레한 감정들이 남을 뿐이다.

그래도 시인은 자신을 위로하듯 말한다. "기쁨은 언제나 괴로움 뒤에 오는 것"이라고. 또 "어쩌면 인생은 이다지도 지루하고/ 희망은 또 왜 이리 세찬 것인가!"고. 그것은 한탄이면서 자기에게 보내는 반문이다. 조용한 희망의 메시지이기도 하다.

앞의 시는 『알코올』이란 시집에 실려 있는 시인데, 시인은 1차 세계대전 중 머리에 총상을 입고 불우한 날들을 살다가 38세 되던 해, 파리에서 독감으로 사망했다.

제4부

겨울

마리 로랑생

잊혀진 여자

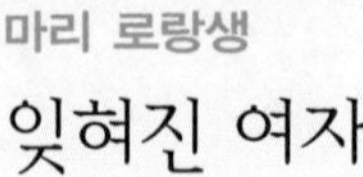

갑갑한 여자보다
좀 더 가엾은 여자는
쓸쓸한 여자예요

쓸쓸한 여자보다
좀 더 가엾은 여자는
앓아누운 여자예요

앓아누운 여자보다
더 한층 가엾은 여자는
버림받은 여자예요

버림받은 여자보다
더욱더 가엾은 여자는
의지할 곳 없는 여자예요

의지할 곳 없는 여자보다
보다 더 가엾은 여자는
쫓겨난 여자예요

쫓겨난 여자보다
좀 더 가엾은 여자는
죽은 여자예요

죽은 여자보다
한층 더 가엾은 여자는
잊혀진 여자예요.

마리 로랑생(Marie Laurencin, 1883~1956)은 한 사람 특색 있는 프랑스의 화가이며 시인이었던 인물이다. 그림에 대해 조금이라도 소양이 있는 사람이라면 그녀의 그림의 분위기를 기억할 것이다. 원근감이 별로 없어 보이는 평면적인 화폭 구성에 꿈꾸는 듯 멀고도 커다란 눈매를 가진 인물들 말이다. 그런가 하면 그녀는 당대의 아름다운 시인이었던 기욤 아폴리네르와 연인 사이였던 사람이다. 그뿐 아니라 그 자신 몇 편의 시를 남겨 시인이기도 했다.

앞의 시는 많이 알려진 시이다. 얼핏 보아 단순히 여성사의 일면을 나타낸 감상적인 시로 보이지만 그 실에 있어서는 인생의 진면목을 담고 있는 글이다. 일단은 '가엾은 여인' 이 누구인가에 대한 주제를 중심으로 그 대상이 반추되어 나간다. '갑갑한 여자 → 쓸쓸한 여자 → 앓아누운 여자 → 버림받은 여자 → 의지할 곳 없는 여자 → 쫓겨난 여자 → 죽은 여자 → 잊혀진 여자' 의 순이다. 처음 이 시를 대할 때 나는 왜 이러한 순서가 잡혔는가에 대해 의아한 생각이 있었다.

물론 그것은 시를 쓴 사람의 개인적인 취향이나 인생관이 작용해서 그러했겠지만 문제는 가장 나중에 나온 '잊혀진 여자' 에 대한 것이다. 그 어떤 여자보다도 불쌍한 여자가 '잊혀진 여자' 라? 쉽게 승복이 되지 않는 대목이었다. 그러나 나도 나이를 먹어 가면서 사람은 누군가로부터 잊혀진다는 것이 가장 가슴 아픈 일이고 안타깝고 슬프고 불행한 일이란 것을 알게 되었다. 아, 그래서 그랬구나. 세상에 그 많은 누군가의 기념관들. 무덤조차도 하나의 조그만 기념관이었다. 미국에 그렇게 많은 링컨 기념관을 생각해 본다. 이거야말로 링컨을 잊지 말자는 미국 사람들의 한 결의가 아니겠는가!

꽃 가운데는 물망초(勿忘草)란 이름을 가진 꽃이 있다. 영어로는 'forget me not' 이다. 나를 잊지 말아 주세요. 이 얼마나 애절한 생명과 사랑의 부탁이리오.

* 마리 로랑생의 앞의 시 원본은 번역되어 우리에게 통용되는 시와는 사뭇 그 내용이나 형식이 다르다. 옮겨 보면 다음과 같다. 애인 기욤 아폴리네르가 종군을 하고 있던 시기, 바르셀로나에 머물면서 쓴 시라고 한다.

지루하기보다는/ 슬픈 것이/ 슬프기보다는/ 불행한 것이/ 불행하기보다는/ 병든 것이/ 병든 것보다는/ 고통스러운 것이/ 고통스러운 것보다는/ 세상에서 외로운 것이/ 외로운 것보다는/ 망명 생활이/ 망명 생활보다/ 죽는 것이/ 죽는 것보다는 잊혀진다는 것이…….

존 메이스필드

그리운 바다

내 다시 바다로 가겠네, 그 외로운 바다와 하늘로 가겠네
큼직한 배 한 척 바라볼 별 한 떨기만 있으면 그뿐
빨리도 달리는 바퀴, 바람의 노래, 흔들리는 흰 돛대와
물에 어린 회색 안개 동트는 새벽이면 그뿐이리

내 다시 바다로 가겠네, 물결이 달려가며 나를 부르는 소리
거역하지 못할 만치 우렁차고 맑은 그 부름 소리, 내게 들리고
흰 구름 나부끼며 바람 부는 하루와 흩날리는 눈보라
휘날리는 거품과 울며 가는 갈매기만 있으면 그뿐이리

내 다시 바다로 가겠네, 떠도는 집시처럼
바람 새파란 칼날 같은 갈매기와 고래의 길로 가겠네
호탕하게 웃어대는 친구의 즐거운 끝없는 이야기와
지루함이 끝난 뒤의 조용한 잠과 아름다운 꿈만 있으면 그뿐이리.

매우 호탕하고 스케일이 큰 시다. 바다란 것이 본래 광활하고 가없는 어떤 대상이지만 이렇게 시가 활달할 수 없다. 무엇이든 거침이 없다. 모든 것을 버리고 오직 한 가지만 희구하는 사람의 눈과 귀에만 허락되는 머나먼 아득한 세계다.

현재, 시인은 바다와 떨어져 있으면서 바다를 그리워하고 있는 사람으로 되어 있다. 언젠가 가까이 있었던 바다. 내가 그였고 그가 나였던 바다. 나와 혼연일체였던 바다. 그러나 지금은 바다와 내가 분리되어 둘이 되어 있다. 이러한 거리감으로 하여 그리움이 생긴다. 그래서 시인은 "내 다시 바다로 가겠네"라는 말을 여러 차례 되뇐다.

그리움이란 무엇인가? 그리움은 시를 낳게 하는 가장 크고 튼튼한 어머니다. 그 어떤 시도 그의 가슴에서 태어나 그의 무릎 아래 자라도록 되어 있다. 그리움이란 예전엔 내게 있었으나 지금은 없는 그 어떤 존재다. 지금, 여기가 아니라, 저기, 그 어떤 날을 염두에 둔 마음이다. 또 그 공간에서 만나는 어떤 사람이다.

그리움에는 늘 애달픔이 따르게 되어 있다. 허약해 보일 수도 있다. 그러나 이 시에 나타난 그리움은 매우 씩씩한 그리움이다. 그 어떤 것에도 거칠 것이 없다. 역시 바다에 대한 그리움이라 그럴까?

존 메이스필드(John Masefield, 1878~1967)는 영국 사람. 어려서부터 뱃사람이 되어 여러 바다를 떠돌았다. 미국에서 노동자 생활을 하면서 하층 계급의 경험을 하여 나중에 시와 소설의 소재로 삼았다 한다. 앞의 작품은 비교적 초기 작품으로 보인다. 시집으로 『해수(海水)의 노래』, 서사시 『여우 레이나르드』가 있으며 소설집도 여러 권 있다.

이하라 사이카쿠

하이쿠

뜬세상 달을 더 본 셈이 되었네 끝 이 년만큼

이 시는 일본의 정형시 형식인 하이쿠(俳句) 가운데 한 수이다. 하이쿠는 세계에서 가장 짧은 시 형식으로 뭐든지 조그맣게 줄여서 만드는 '축소 지향의 일본인'을 설명하는 가장 좋은 실증 자료이기도 하다. 우리나라에 시조가 있듯이 일본에도 정형시가 있는데 일본인들은 그것을 자꾸만 줄여 가면서 발전시켰다. 처음의 시가 형식은 렌가(連歌)이고, 그것을 줄인 것이 와카(和歌, 혹은 短歌), 거기서 더 줄여 나간 것이 하이쿠다. 더 이상은 줄일 수 없는 시가 형식이 된 것이다.

와카든 하이쿠든 음수율을 지니고 있다. 우선 와카는 5·7·5·7·7의 31음절로 되어 있는데 여기서 후반부 7·7을 떼어 버리고 전반부 5·7·5만 남겨 17음절로 구성된 것이 하이쿠이다. 하이쿠는 나름대로 특징이 있다. 제목이 없고 줄 바꿈도 없이 한 줄뿐이고 또 일체의 구두점이 없다. 미국의 한 대학에서 교수가 하이쿠에 대해서 설명을 하는 강의 시간에 한 학생이 일어나 질문하기를 "교수님, 시의 제목은 이제 그만 설명하시고 내용을 좀 말씀해 주시지요."라고 말했다는 유명한 이야기가 있다. 그 학생에게는 제목 없는 시, 한 줄짜리 시가 아무래도 이해가 안 되었던 모양이고 마치 그것이 시의 제목으로만 느껴졌던 모양이다.

내가 하이쿠에 관한 책을 읽은 것은 제법 오래전의 일이다. 1985년도, 성문각 발행으로 나온 박순만(朴順萬) 번역의 『日本人의 詩情』이란 책을 통해서였다. 문학 소년 시절 '일본의 김소월'이라 일컬어지는 이시카와 다쿠보쿠(石川啄木)의 『혼자 가리라』(김용제 역, 1960, 신태양사)란 책을 통해 와카에 대한 기본적인 소양이 있었던 터라 쉽게 책을 잡았을 것이다. 어쩌면 이때 읽은 하이쿠가 후기의 나의 시에 영향을 주었지 싶다.

돌이켜 보면 나는 소년 시절 너무나 우직하고 좁은 소견을 가진 아이였다. 1962년, 나의 고등학교 3학년 시절은 한일회담 타결로 일본의 문학 작품 번역이 자유화되던 시기였다. 이시카와 요지로의 소설로 기억되는 청춘물인 『청춘교실』, 『가정교사』 같은 대중 소설들이 물밀 듯 번역되어 젊은 세대들에게 읽히고 있었다. 그러나 나는 무슨 고집에선지 그런 소설류를 거들떠보지도 않았다. 아마도 초등학교 때부터 인이 박이도록 배워 온 '반공방일(反共防日) 교육' 의 영향이 아니었겠나 싶다. 지금 생각해 보면 그 시절 그런 소설류들을 시원스럽게 읽어 두었더라면 나의 문학적 진로도 좀 바뀌지 않았을까 싶은 생각이기도 하다.

앞의 하이쿠 작가 이하라 사이카쿠(井原西鶴, 1642~1693)는 에도(江戸) 시대 초기의 작가이다. 15세에 하이카이(俳諧)에 뜻을 두어 단린파(談林派)의 대표적 작가로 활동했으며 말년에는 소설가로도 활동한 문인이다. 대략 하이쿠 하면 하이쿠의 3대 시인 마쓰오 바쇼와 요사 부손, 그리고 고바야시 잇사를 든다. 그러나 앞의 하이쿠를 들고 나온 것은 오로지 개인적인 취향에 따른 것이다.

하이쿠의 앞부분 "뜬세상 달"이란 일본의 오래된 시가집 『만요슈(萬葉集)』에서부터 나오는 시어이다. '뜬세상' 이란 부질없는 세상살이, 고달픈 세상살이를 은유하는 말일 것이고, '달' 은 음력 8월 15일의 달을 가리킨다. 그래, 그 부질없는 세상살이 가운데 보름달을 2년 정도 더 보았다는 것이 무슨 대단한 일이라고 이렇게도 감격하는가? 당시 일본인들은 인간의 수명을 50세 정도라고 믿고 살았다 한다. 그런데 작가는 그 50년을 살고 다시 더 2년을 살았노라 감격하여 이렇게 글을 남기고 있는 것이다. 그러나 작가는 이 시를 쓰고 52세 되던 해 8월 10일에 죽었으니 결국은 그렇게도 보고 싶어했던 52번째 보름달을 끝내 보지 못하고 죽은 셈이다. 이렇게 되면 참으로 인생은 한스러운 것이고 유의미(有意味)한 것이 된다. 우리도 하루 한 시간 한 시간 정성껏 조심해서 잘 살아야겠다는 다짐이 이쯤에서 나온다.

요한 볼프강 괴테

나그네의 밤 노래 · 2

모든 산봉우리 위에
안식은 있고

모든 나무 꼭대기에서 우리는
느끼지 못한다
한줄기 산들바람조차

이제 산새들도 숲속에서 깃을 찾았다

기다리라, 머지않아 그대 또한
쉴 날이 오게 되리라.

요한 볼프강 괴테(Johann Wolfgang von Goethe, 1749~1832)는 우리에게 너무나도 친숙한 독일의 소설가이다. 우선은 『젊은 베르테르의 슬픔』의 작가로, 가곡 「들장미」의 작사자로 기억된다. 나아가 소설 『빌헬름 마이스터』나 『파우스트』로 유명하다. 누구나 풍문처럼 들은 바 있을 것이다. 그가 한때 독일의 바이마르 공화국의 재상이었다고. 그러나 그가 탁월한 자연과학자요 철학자요 또한 개성 있는 화가였다는 사실을 아는 사람은 별로 많지 않을 것이다.

그러니까 그것은 또 내가 병원 생활 하던 때의 일이다. 서울아산병원에서 환자로 엎드려 살 때, 2007년 7월쯤. 몸의 상태가 조금씩 호전되기 시작하여 나는 아내에게 책을 한 권 사 달라고 부탁했다. 병원의 지하층에 여러 가지 편의 시설과 함께 조그만 서점이 있었는데 거기에 내가 평소 읽고 싶던 책이 한 권 꽂혀 있었던 것이다. 괴테가 지은 『이탈리아 여행』이란 책.

그 책을 읽으며 짐짓 나는 놀라지 않을 수 없었다. 지금까지 알고 있었던 그런 괴테가 아니었다. 그는 아주 해박한 지식을 자랑하는 지질학자였고 문화평론가였고 역사학자였고 또 화가였다. 하, 이럴 수가! 도대체가 그는 종잡을 수 없는 인물이었다. 전인(全人)이라 그럴까? 그림이 놀라웠다. 여행을 하면서 바쁘게 빠르게 속필로 스케치한 것도 있고 자세하게 그린 그림도 있고 또 인물화도 있었다. 영국 사람들은 셰익스피어를 인도와 바꾸지 않는다고 말했다지만 독일 사람들은 괴테를 그 무엇과 또 바꾸지 않겠다고 말하겠구나 싶었다. 괴테를 낳은 독일이란 나라가 부럽다는 생각을 잠시 갖기도 했다.

앞의 작품은 괴테의 많은 작품 가운데 젊은 시절 이래 내가 무던히도 좋아한 시이다. 고달픈 삶의 고비마다 이 시한테서 그 어떠한 위로 같은 것을 받지 않았나 싶다. 그렇다. 이 시 속에는 고달픈 한 사람이 또 한 사람 고달픈 사람에게 들려주는 위로의 메시지 같은 것이 들어 있다.

전하는 바에 의하면 시인의 나이 31세 때(1780년 9월 6일), 일메나우의 키켈한이라는 작은 산장에서 자면서 이 시를 벽에 적었는데 세월이 흘러 51년 뒤의 어느 날(그날이 그의 생일날인 1831년 8월 28일) 바로 그 장소에 와 아직도 벽에 남아 있는 이 글을 읽으며 감격하여 눈물을 지었다는 일화가 있다. 그런 뒤 시인은 1년도 못 되어(1832년 3월 22일) 세상을 뜨고 만다. 시인의 나이 83세.

"오늘 나는 처음으로 인간다운 인간 하나를 만났다." 이것은 나폴레옹이 괴테를 처음 상면하고 남긴 말이라 한다. "영원히 여성적인 것은 우리를 끌어올린다." 이것은 또 『파우스트』의 마지막 부분에 적은 괴테 자신의 말이다.

새러 티즈데일

잊어버립시다

잊어버리세요, 꽃을 잊어버리듯
잊어버리세요.
한때 금빛으로 타오르던 불꽃을 잊어버리듯
영원히 아주 영원히
잊어버리세요.

세월은 고마운 벗,
우리를 늙게 한다오.

누군가 묻거든 이렇게 대답하세요,
오래전에 아주 오래전에
잊었노라고.
꽃처럼, 불꽃처럼, 오래전 잊혀진
눈 위에 사각대던 발자국 소리처럼.

이 시는 아주 많은 사람들이 즐겨 읽는 대중적인 시 가운데 하나다. 말하자면 인구(人口)에 회자(膾炙)되는 시라 하겠다. 무엇인가 답답한 일이 있을 때, 맺힌 마음이 있을 때, 가만가만 소리 내어 읽어 보면 마음속에 알싸한 박하사탕 같은 느낌을 안겨 주는 시이다. 누군가 그도 나처럼 잊어버릴 일이 있어서 이렇게 저렇게 작은 소리로 이야기하고 있다고 생각해 보면 나의 아픔이나 섭섭함, 답답함도 조금은 엷어지리라.

이 시는 새러 티즈데일(Sara Teasdale, 1884~1933)이란 20세기 초 미국 여성 시인의 아름다운 시 가운데 한 편이다. 시가 우선 쉽고 간결하면서도 매운 향기를 지녔다. 지극히 여성적이고 섬세하다. 결코 거창하거나 까다로운 주제를 건드리지 않고서도 우리들 삶의 이런저런 일 가운데서도 소중한 가치를 지닌 주제를 잡아 읽는 이의 감동선(感動線)을 자극한다. 그야말로 타고난 시인적 자질이 출중한 시인이다.

비교적 어린 시절 사립 학교에서 교육을 받고 충분한 보살핌 속에 자란 것으로 되어 있다. 여행도 많이 해서 세상에 대한 견문도 익혔고 문학 동인지 활동으로 문단적 폭도 넓혔다. 1918년에는 『사랑의 노래(Love Songs)』란 작품집으로 시 부문 퓰리처상을 받기도 했다.

매력적인 여성 시인으로 동시대 남성들에게 인기가 높아 배칠 린지란 시인의 열렬한 구혼을 받았으나 거절하고, 1914년 세인트루이스의 사업가인 언스트 필싱어(Ernst Filsinge)와 결혼, 한때 안정적인 생활을 하기도 했으나 끝내는 이혼, 혼자서 칩거 생활을 하다가 자진(自盡)함으로 세상의 날들을 마감한 걸로 되어 있다. 재주 있는 여성의 비극이랄까. 시인의 나이는 49세. 얼핏 우리나라의 노천명 시인을 떠올리게 한다.

영문학자이며 유능한 번역가였던 서강대 장영희 교수도 생전에 새러 티즈데일의 시를 좋아했노라 전한다. 불구의 몸으로 태어나 여러 가지 암으로 고난을 당하면서도 아름다운 글을 썼고 번역도 했고 또 학생들을 잘 가르치기도 했던 장영희 교수. 그녀가 좋아한 티즈데일의 시는 「연금술」이란 시였다고 한다.

"봄이 노란 데이지 꽃을 들어서 빗속에/ 건배하듯 나도 내 마음을 들어 올립니다./ 고통만을 담고 있어도/ 내 마음은 예쁜 잔이 될 겁니다./ 담겨 있는 방울방울 물들이는 꽃과 잎에서/ 나는 배울 테니까요, 생기 없는 슬픔의 술을/ 찬란한 금빛으로 바꾸는 법을……."

솔로몬 왕

헛되도다

전도자가 이르되 헛되고 헛되며 헛되고 헛되니 모든 것이 헛되도다
해 아래에서 수고하는 모든 수고가 사람에게 무엇이 유익한가
한 세대는 가고 한 세대는 오되 땅은 영원히 있도다
해는 뜨고 해는 지되 그 떴던 곳으로 빨리 돌아가고
바람은 남으로 불다가 북으로 돌아가며 이리 돌며 저리 돌아
바람은 그 불던 곳으로 돌아가고
모든 강물은 다 바다로 흐르되 바다를 채우지 못하며
강물은 어느 곳으로 흐르든지 그리로 연하여 흐르느니라
모든 만물이 피곤하다는 것을 사람이 말로 다 말할 수는 없나니
눈은 보아도 족함이 없고 귀는 들어도 가득 차지 아니하도다
이미 있던 것이 후에 다시 있겠고 이미 한 일을 후에 다시 할지라
해 아래에는 새 것이 없나니 무엇을 가리켜 이르기를
보라 이것이 새 것이라 할 것이 있으랴
우리가 있기 오래전 세대들에도 이미 있었느니라
이전 세대들이 기억됨이 없으니 장래 세대도 그 후
세대들과 함께 기억됨이 없으리라

이 글은 시가 아니고 『구약성경』의 「전도서」란 책에 실린 내용이다. 그 글의 첫머리 기록인데 참으로 놀랍고 신기하고 가슴이 섬뜩한 글이다. 기록자는 글에 나와 있는 것처럼 '전도자' 이다. 스스로 자신을 '다윗의 아들 예루살렘의 왕 전도자' 라 기록하고 있다. 그러니까 예루살렘 왕국의 세 번째 왕인 솔로몬(Solomon, B.C. 973경~B.C. 932경)이다.

솔로몬이 누구인가? 솔로몬은 아버지 다윗 왕의 뒤를 이어 왕이 되어 이스라엘을 가장 강성한 왕국으로 만든 왕이다. 신에게 드린 기도로 '지혜' 를 구하여 지혜의 왕이 되었으며, 더불어 구하지 않은 부와 영광까지 허락받아 왕국의 전성기를 이룩하여 후세에 '솔로몬의 영화' 란 비유를 낳게 한 사람이다.

역사상 가장 호화롭게 산 사람이 솔로몬 왕이다. 남자로서 사랑하는 여인을 많이 갖는 것도 복이라면 그런 복도 넘쳤고 자녀복도 많았으며 자신의 화려하기 그지없는 궁전을 건립하는 데 13년이 걸리고 신전을 건립하는 데 7년이 걸릴 정도로 모든 일을 다 이룩해 본 사람이다.

그런 솔로몬이 이런 글을 남겼다? 선뜻 이해가 되지 않는 대목이다. 그런데도 글을 시작하면서 대뜸 '인생은 헛되다' 고 말하고 있다. 얼마나 헛되다는 마음이 사무쳤으면 '헛되다' 는 말을 거푸 다섯 번이나 반복했겠는가. 이것이 유독 다른 사람도 아닌 솔로몬의 고백이기에 더욱 소름 끼치는 일이다. 영화가 크고 깊으면 그 다음에 오는 허무도 크고 깊은 것인가!

처음 나는 이 글을 알지 못했다. 평소 친숙하게 지내던 유안진 시인이 성경의 「전도서」가 참 좋은 글이라는 이야기를 하길래 무심코 읽어 보고 크게 놀란 바 있다. 길지도 않은 글이다. 짧은 글 속에 너무나 크고도 엄

청난 내용이 담겨 있었다. 읽다 보니 글의 취향이 동양적인 낌새가 있었다. 어쩌면 노장 철학에 가깝다는 생각이 강했다.

글 가운데도 내가 가장 무섭게 느낀 것은 "해 아래에는 새 것이 없나니 무엇을 가리켜 이르기를/ 보라 이것이 새 것이라 할 것이 있으랴" 하는 대목이다. 아! 하는 감탄사 이외에는 달리 아무런 말도 할 수 없는 지경이다. 압도다. 이 문장 이외의 문장들도 한 줄 한 줄 사람의 가슴을 치고 또 친다. 나더러 어쩌란 말인가? 한숨이 나온다.

그 뒤부터는 「마태복음」이나 「아가서」, 「시편」을 제치고 이 「전도서」가 가장 좋아하는 성경 내용이 되었다.

작자 미상

천의 바람이 되어

내 무덤 앞에서
눈물 흘리지 마세요
나는 그곳에 없어요
나는 잠들지 않았어요

나는 천의 바람이 되어
저 넓은 하늘을
지나가고 있어요

나는, 가을이면 햇살이 되어
곡식을 여물게 하고
겨울에는 다이아몬드처럼
반짝이는 눈이 됩니다

나는, 아침이면 새가 되어
당신의 잠을 깨우고
밤에는 별이 되어
당신을 지켜줍니다

내 무덤 앞에서

울지 마세요
나는 그곳에 없어요
나는 죽지 않았어요

나는 천의 바람이 되어
저 넓은 하늘을
스쳐 가고 있어요.

우리는 지금도 생생히 기억하고 있다. 2001년 9월 11일 밤, 한국 시간으로 자정 부근. 미국 뉴욕의 중심가 110층짜리 세계무역센터 그 쌍둥이 건물이 항공기를 납치한 자살 테러리스트들에 의해 순식간에 부서져 주저앉는 그 소름 끼치는 현장을.

그때 희생된 수많은 사람 가운데 한 남자의 11세 된 딸아이가 아버지의 사망 1주기 행사에 나와 울면서 읽었다는 시가 바로 앞의 시이다. 배우 마릴린 먼로의 25주기에도 이 시가 낭독되었고 영화감독 하워드 혹스의 장례식에서 영화배우 존 웨인도 이 시를 읽었다 한다.

대개의 기록은 작자가 무명으로 되어 있다. 인터넷을 뒤져 보면 인디언의 잠언에서 영감을 받아 누군가가 지은 시라는 말도 있고 다른 이야기도 있다. 서기 130년쯤 아메리카 대륙 남서부 협곡에 살던 인디언인 나바호족의 여인이 죽음을 앞두고 사랑하는 남편에게 남겨 놓은 한 장의 편지가 있었는데 아내가 죽은 후에야 남편이 그 편지를 읽게 되었다 한다. 그야말로 전설처럼 내려오는 아름다운 이야기로서 미국이나 유럽 쪽에서는 일찍부터 알려져 여러 사람들에게 애송되면서 그 문장이 조금씩 변형되어 읽히고 있다는 얘기가 그것이다.

또 한 이야기는 1989년 영국군 병사인 스테판 커밍스에 대한 이야기이다. 그는 24세의 병사였는데 아일랜드 공화국군(IRA)의 폭탄 테러로 목숨을 잃게 된다. 그가 생전에 "나에게 무슨 일이 생기면 열어 보세요"라며 한 통의 편지를 남겨 두었는데, 그 편지에 이 시가 들어 있었다고 한다. 스테판의 장례식이 있던 날, 부친은 아들이 남긴 편지와 함께 이 시를 낭독했고, 영국 BBC에 방영되어 전국적으로 큰 반향을 일으켰다고 한다.

그런가 하면 일본의 아라이 만(新井滿, 소설가이며 사진가, 화가, 작곡가, 가수로 일하는 인물)에 의해 작곡되고 노래 불려 일본 클래식 음반 사상 처음으로 100만 장이 팔리는 돌풍을 일으켰다고 전한다. 그 뒤로부터는 사랑하는 사람을 먼저 떠나보내고 슬퍼하는 사람을 위로해 주는 음악으로 널리 애용되고 아예 장례식 음악으로 쓰이게 되었다고 한다.

우리나라에서도 김수환 추기경의 장례식 때 팝페라 가수 임형주에 의해 불렸고 노무현 대통령 추모식에서도 불렸다고 하니 참 사연도 많은 글이다.

일단은 눈에 보이지 않고 이 세상에 없는 사람의 흔적을 자연 현상을 통해서 찾으므로 영생에 대한 꿈을 우리에게 안겨 주는 글이라 하겠다. 정말로 사랑하는 한 사람을 잃고 눈이 캄캄하고 무릎이 꺾일 때 이러한 노래나 시마저 없다면 그 사람은 무슨 힘으로 일어설 수 있단 말인가? 시가 힘이고 노래가 지팡이이다.

신흠

매화 향기

오동나무, 천년을 살아도
거문고 곡조 여전하고

매화, 평생 추운 겨울을 견디지만
향기 함부로 팔지 않는다.

달은 천만번 이지러져도
그 본래의 성질 남아 있으며

버드나무, 백번을 꺾이더라도
새로운 가지 움터온다.

신흠(申欽, 1566~1628)은 조선 중기 4대 문장가[이정구, 신흠, 장유, 이식을 일컬음. 이들의 호에서 한 글자씩 따서 '월상계택(月象谿澤)' 이라 함] 가운데 한 분으로 호는 여럿이나 그중 잘 알려지기는 상촌(象村)이다. 조정의 여러 벼슬을 차례로 지낸 후(예조참판 · 병조참판 · 홍문관부제학 · 성균관대사성 · 도승지 · 예문관제학 · 병조참판 · 도승지) 우의정을 거쳐 좌의정, 영의정까지 오른 인물이다.

이 글의 출전은 『야언(野言)』. '전원생활 가운데 야인(野人)을 만나 나눈 이야기 같은 책' 이란 뜻이다. 삶의 지혜나 교훈 같은 내용을 기록한 책일 것이다. 앞의 글 가운데 가장 많은 사람들에게 사랑받은 문장은 두 번째 글귀인 "매화, 평생 추운 겨울을 견디지만/ 향기 함부로 팔지 않는다(梅一生寒不賣香)."이다. 많은 서화가들이 그들의 그림과 글씨에 써넣었거니와, 후세의 시인 조지훈은 『지조론(志操論)』이란 책에서 이를 상세히 설명하기도 했다.

유독 매화가 우리나라 선비나 지사들한테 사랑받게 된 데는 그의 꽃피는 습성에서 비롯되었지 싶다. 겨울이 아직 물러가지 않아 소맷부리 치운 날, 붉거나 하얀 꽃, 가녀린 네다섯 개의 꽃잎을 하늘거리며 피어나는 꽃이 참으로 지조 높고 절개 있고 신의로운 누군가의 혼백만 같아 그렇게 느끼고 생각하고 시로 읊었을 것이다. 실은 누구나 그렇게 살고 싶었지만 그렇게만은 살 수 없는 일이기에 매화의 이런 향기로운 면모를 동경하였을 일이다. 말하자면 선비의 이상형 같은 꽃이 매화이다.

조선 시대 가장 존경받는 학자 가운데 한 분인 퇴계 이황 선생에게 매화의 아름다움을 칭송한 시가 있다. "홀로 기대선 산집 창가에 밤기운 차

가운데(獨倚山窓夜色寒)/ 매화가지 끝에는 두둥실 달이 걸려 있네(梅梢月上正團團)/ 새삼스레 살랑살랑 부는 미풍 없어도(不須更喚微風至)/ 맑고 그윽한 향기 온 집안 차고 넘치네(自有淸香滿院間).” 그만큼 매화를 좋아하셨다는 이야기인데, 아닌 게 아니라 퇴계 선생은 세상 뜨시던 날 아침에 제자들에게 매화 화분을 물려주시며 “매화에게 물을 거르지 말고 주어라.”라는 말씀을 남겼다 한다.

하지만 앞의 시에 나오는 ‘오동나무’와 ‘달’과 ‘버드나무’에 대해서도 그 성정(性情)과 본질, 그리고 아름다움에 대해서 한 번쯤 되짚어 생각해 볼 필요가 있다. 그것이 정녕 그렇다면 무릎을 치며 화들짝 찬동하는 마음이 일어나기도 할 것이다. 시의 원문은 다음과 같다.

동천년로항장곡(桐千年老恒藏曲)/ 매일생한불매향(梅一生寒不賣香)/
월도천휴여본질(月到千虧餘本質)/ 유경백별우신지(柳經百別又新枝)

— 신흠(申欽), 「야언(野言)」

서산대사

눈 덮인 들판에서

그대, 눈 덮인 들판을 걸어갈 때
부디 그 걸음 어지럽게 하지 마시게.
오늘 남긴 그대 발자국
마침내 뒤따르는 사람의 이정표 된다네.

그러니까 1998년도 초등학교 교장 자격 연수를 받기 위해 충북 청원군에 있는 한국교원대학교에 가서 공부할 때 본 글귀다. 기숙사 로비에 큼직큼직한 글씨로 쓰여진 아주 기다란 액자 하나가 터억 걸려 있었다. 놀랍게도 글의 말미에 김구(金九, 1876~1949) 선생의 이름이 쓰여 있었다. 게다가 당신이 글씨 쓰신 나이까지 밝혀져 있었다.

아, 저게 김구 선생이 지으신 시로구나. 떠듬떠듬 한자를 읽어 나갔다. "답설야중거…… 눈 덮인 들판에서 발자국 옮길 때……." 그것은 정말로 김구 선생다운 시라는 생각이 들었다. 그러나 나중에 알고 보니 그것은 김구 선생의 시가 아니고 조선의 임진왜란 때 승병장으로 활약했던 서산대사(西山大師, 1520~1604)의 시였다. 일테면 김구 선생의 애송시였던 셈이다.

어쩌면 당신의 삶이나 생각과 너무나 닮은 구석이 있어 그 시를 평생 동안 외우고 다니며 마음에 맞는 사람, 기념해야만 될 장소에서 외우기도 하고 종이에 기록하여 남기기도 했을 것이다. 또한 중요한 결단이나 어려운 일이 생길 때 마음속으로 암송했을 것이다. 그 가운데 하나, 그것도 복사본으로 남겨진 어떤 하나가 교원대학교의 기숙사 벽에 걸려 있다가 내 눈에 들어온 것이리라. 서산대사와 김구 선생, 그리고 나.

여기에 무슨 연결 고리가 있고 만남의 필연성이 있었더란 말인가! 좋은 글은 이렇게 시간과 공간, 인간의 거리를 넘어 사람과 사람을 만나게 해주는 공덕이 있다. 놀라운 일이다. 서산대사가 생각하고 실천했던 삶의 태도와 생각을 김구 선생이 따르고 또다시 그 뒷사람이 계속해서 따르고 있다는 사실, 이 얼마나 아름다운 일인가! 글의 내용 그대로는 할 수 없다

하더라도 그 비슷하게는 할 수 있도록 노력하는 것만으로도 세상은 조금씩 좋아지고 밝아질 일이다.

오늘의 나의 삶과 행동과 언어 표현이 나중 사람들의 이정표가 된다는 사실. 작은 일 하나에도 옷깃을 여미며 조신하게 처신하며 잘 살아야 할 일이다. 아니, 잘 살아 내야 할 일이다. 이 시는 우리 고장 공주의 마곡사 어느 암자에서도 본 적이 있는데 아마도 그건 김구 선생이 한때 그곳에 피신해 있으면서 스님으로 수도 생활을 했던 일을 기념해서 그렇게 했겠지 싶다. 시의 원문은 다음과 같다.

답설야중거(踏雪野中去)/ 불수호란행(不須胡亂行)/
금일아행적(今日我行跡)/ 수작후인정(遂作後人程)

— 서산대사(西山大師), 「답설야(踏雪野)」

크리스티나 로세티

내가 죽거든

사랑하는 사람이여, 내가 죽거든
나를 위해 슬픈 노래를 부르지 마셔요
무덤의 머리맡에 장미꽃을 심어 꾸미지도 말고
그늘지는 사이프러스나무 같은 것도 심지 마셔요

비를 맞고 이슬에 담뿍 젖어서
다만 푸른 풀들만 자라게 하셔요
그리고…… 당신이 원하신다면 나를 생각해 주시고
잊고 싶으면 잊어 주셔요

나는 푸른 그늘을 보지 못할 것이며
비 내리는 것도 느끼지 못할 겁니다
종달새의 귀여운 울음소리도
또한 나는 듣지 못할 겁니다

아무것도 들리지 않고 또 보이지 않는
어둠 속에 누워 꿈이나 꾸면서
다만 당신을 생각하고 있으렵니다
아니에요, 어쩌면 나도 당신을 잊을지도 모르겠어요.

앞의 시는 매우 사랑스럽고도 귀여운 시이다. 죽음 뒤의 이야기를 하면서도 심각하지 않게 툭툭 어깨를 치면서 하는 이야기처럼 다정다감하게 하고 있다. 어쩌면 뾰로통하게 골이 나서 눈을 흘기며 이야기하는 한 어여쁜 소녀의 얼굴이 떠오르기도 한다.

우선은 자기가 죽었을 때 슬픈 노래를 부르지 말라는 것이 당부이고 무덤가에 장미나 사이프러스나무를 심지 말라는 것이 부탁이다. 그냥 푸른 풀들만 자라게 내버려두라는 것이며 당신이 원한다면 생각하고 잊고 싶으면 잊어 달라는 것이 또 이어지는 말이다. 모든 것을 보통 사람의 뜻이나 생각과는 반대로 말하고 있다. 그러기에 더욱 시인의 생각이 새롭게 다가오는 모순의 아름다움이 있다.

그야 그럴 것이다. 살아서 숨을 쉬는 사람과는 다른 세상에 들어간 사람이 어찌 산 사람의 세상에서 일어나는 일들을 안다 할 것이며 비록 안다고 해도 무슨 소용이 있겠는가. "푸른 그늘"이며 "비 내리는 것"이며 "종달새의 귀여운 울음소리" 같은 것은 오직 살아 있는 사람들만의 관여가 아니겠는가 말이다. 그리하여 시인은 자신은 "아무것도 들리지 않고 또 보이지 않는/ 어둠 속에 누워 꿈이나 꾸면서/ 다만 당신을 생각하고 있"겠다고 고백하고 있다. 그러나 시인은 이내 생각을 바꾸어 "어쩌면 나도 당신을 잊을지도 모르겠"다고 말한다. 이 얼마나 귀여운 투정이며 아름다운 사랑의 고백인가!

이런 시를 읽으면서 우리는 우리들의 삶을 다시 한 번 돌아보게 되고 경건한 마음을 되찾게 된다. 참 아름다운 시를 쓴 시인 크리스티나 로세티(Christina G. Rossetti, 1830~1890)는 영국 런던에서 태어나 어린 시절부터 시 쓰기를 좋아한 천재 시인이다. 뒷날 화가가 된 오빠 단테 게이브리얼 로세티의 그림 모델이 되었으며 18세 때 오빠의 친구들이 발행하는 잡지에 시를 발표함으로 시인으로 세상에 이름을 알렸다. 또한 같은 해에 삼촌에 의해서 첫 시집이 발간되기도 했다.

남긴 시집으로 『창가(唱歌), Sing-Song』, 『신작시집』 등이 있으며 『비망록』이란 소설을 쓰기도 했다. 평생을 종교적 경건과 헌신 속에 살았으며 여러 가지 질병(협심증, 신경통, 폐결핵, 바제도병, 암)에 시달리며 살았다. 두 차례 약혼을 했으나 모두 종교적 견해 차이로 인해 결혼에까지는 이르지 못했으며 독신으로 어머니와 더불어 조용한 일생을 살았다. 그녀의 시는 20세기 초 모더니즘의 열풍에 의해 가려졌다가 1970년대 페미니즘을 연구하는 학자들에 의해 재평가되었다.

시인이 남긴 시로는 이 시 말고도 「생일」, 「바람」 등이 대중의 사랑을 받고 있는 시들인데 「바람」이란 시는 천진하고 맑은 동시의 표본과도 같은 시이다. 옮겨 적으면 다음과 같다.

> 누가 바람을/ 보았을까?/ 나도 너도 아니야./ 그렇지만/ 나뭇잎이 조용히/ 흔들릴 때/ 바람은 거기를/ 지나가지.// 누가 바람을/ 보았을까?/ 나도 너도 아니야./ 그렇지만/ 나무가 머리를/ 숙일 때/ 바람은 거기를/ 지나가지.
>
> — 크리스티나 로세티, 「바람」

유장경

설야

해 저물어 푸른 산 더욱 멀고
하늘도 차가운데 뻐저린 가난이여.
사립문 밖에 문득 개 짖는 소리
눈보라 속 돌아오는 사람은 누군가?

올겨울 들어 눈이 자주 내린다. 첫눈도 일찍 내리더니 요즘 며칠은 날마다 눈이다. 자고 일어나면 새로운 눈이고 한낮에도 질퍽하게 눈이 내려 쌓인다. 세상이 온통 은빛, 백색의 세상이 되었다. 자동차를 타고 길을 가다 보면 앞 유리창에 내려 쌓이는 눈 때문에 와이퍼가 뻑뻑하여 잘 돌아가지 않을 정도다. 눈의 나라, 요정의 나라, 마치 영화 속 장면 속으로 들어가는 것 같아 여간 신비로운 게 아니지만 자동차 운전하는 사람들에겐 여간 고역이 아닌가 싶다.

이렇게 눈이 내려 세상이 흑백이 되는 날이면 문득 나에게 떠오르는 시 한 편이 있다. 그것은 한글시가 아니라 한시. 1959년, 중학교에 다니고 있었다. 열다섯의 나이. 6 · 25 전쟁이 끝나고 얼마 지나지 않아 세상은 온통 썰렁하고 너나없이 가난하고 춥고 배고프던 시절. 서천중학교 3학년 학생이었다. 교실의 복도 게시판에 언제부턴가 새하얀 종이에 시 한 편이 씌어 있었다. 어떤 선생님이 베껴다 붙여 놓았을까? 유리창마저 두어 장 깨져 나가 눈보라 찬바람이 드나드는 교실 복도를 구멍 난 목양말 신은 발 오그려 딛고 다니며 읽었다. "해 저물어 푸른 산 더욱 멀고……." 그 마음이 내 마음이었다. 울고 싶을 정도로 그랬다. 어린아이가 어찌 그걸 다 느끼고 알았을까? 조숙한 아이였겠지 싶다.

실은 누가 쓴 시인지도 모르고 누가 번역한 시인지도 모르고 그만 외워 버리고 말았다. 나중엔 본래의 시에 들어간 단어를 제치고 내 마음대로 문장을 만들어 외우고 다녔다. 자라서 알고 보니 그 시는 중국 당나라 시인 유장경(劉長卿, 709~785)이란 시인의 시. 그리고 번역자는 신석정 선생(정음사 판 『당시선집』 소재). 시인은 중당(中唐) 시대의 시인인데 하북 사람으로 733년에 진사과에 합격하여 감찰어사에 올랐으나 모함으로 목주사마(睦州司馬)로 좌천되었으며 나중에 수주자사(隨州刺史)를 역임한 인물이다. 오언(五言)으로 쓰는 담박한 필치의 전원산수시(田園山水詩)에 능하여 오언장성(五言長城)이라는 칭호를 받았다.

앞의 두 행은 눈으로 보는 세상, 즉 시각 이미지를 살린 경우요, 뒤의 두 행은 귀로 들리는 세상을 표현한 청각 이미지의 활용이다. 전혀 설명이 아니고 묘사다. 시인 자신이 나서서 이런 말 저런 말 지껄이는 것이 아니다. 그냥 있는 그대로 솔직담백하게 풍경과 사실과 느낌을 던질 따름이다. 그것도 감정 그대로가 아니라 이미지로 바꾸어 던질 뿐이다. 이러한 관점에서 한시야말로 이미지즘 시요, 언어로 바꾼 그림이요, 음악이라 할 만하다. 무슨 말이든 이상한 말, 특별한 말, 그리고 이런저런 말을 주저리주저리 늘어놓으면 좋은 시라고 생각하는 현대 시인들, 이러한 한시를 공부하면서 매우 각성하고 반성하는 바가 있어야 할 줄 안다.

원시의 제목은 '봉설숙부용산주인(逢雪宿芙蓉山主人: 눈을 만나 부용산주인 댁에서 하룻밤을 묵다)' 인데 원문은 다음과 같다.

일모창산원(日暮蒼山遠)/ 천한백옥빈(天寒白屋貧)/
시문문견폐(柴門聞犬吠)/ 풍설야귀인(風雪夜歸人)

— 유장경(劉長卿), 「봉설숙부용산주인(逢雪宿芙蓉山主人)」

이반 투르게네프

홈리스

길거리를 걷고 있었지요. 늙은 홈리스 한 사람이 나의 발길을 멈추게 했습니다. 눈물 어린 붉은 눈, 파리한 입술, 다 해진 누더기 옷, 지저분한 상처……. 아아, 가난이란 어쩌면 이다지도 잔인하게 이 불행한 사람을 갉아먹는 것일까!

그는 빨갛게 부푼 더러운 손을 나에게 내밀었습니다. 그는 신음하듯 중얼거리듯 구걸을 청했습니다. 나는 호주머니란 호주머니를 모조리 뒤져 보았습니다……. 지갑도 없고 시계도 없고 손수건마저 없었습니다. 나는 아무것도 가진 것이 없이 외출을 했던 것입니다. '이 일을 어쩌나…….'

그러나 홈리스는 여전히 기다리고 있었습니다. 그 손은 힘없이 흔들리며 떨고 있었습니다. 당황한 나머지 어쩔 줄 몰라, 나는 힘없이 떨고 있는 홈리스의 손을 덥석 움켜잡았습니다.

"미안합니다, 형제. 내 급하게 나오느라 아무것도 가진 게 없구려."

홈리스는 붉게 충혈된 두 눈으로 물끄러미 나를 올려다보았습니다. 그의 파리한 두 입술에 가느다란 미소가 스쳐 가는 것을 볼 수 있었습니다. — 그리고 그는 자기대로 나의 싸늘한 손가락을 꼭 잡아 주었습니다. 그러면서 그는 혼자 중얼거리듯 말했습니다.

"괜찮습니다, 선생님. 그것만으로도 고맙습니다. 그것도 역시 적선이니까요."

나는 그때 깨달았습니다. —거꾸로 이 형제에게서 내가 적선을 받았다는 사실을…….

올해처럼 눈이 흔한 해가 있었을까? 아침에도 눈이 오고 점심에도 눈이 오고 저녁에도 눈이 온다. 그것은 오늘도 그렇지만 어제도 그렇고 그제도 그렇고 내일도 그럴 것이다. 종일을 해를 보지 못하고 날이 저무는 날. 문득 떠오르는 글이 러시아의 소설가이며 시인이었던 이반 투르게네프(Ivan Sergeevich Turgenev, 1818~1883)의 한 편의 시이다. 그 작품은 다름 아닌 「홈리스」라는 작품.

이 작품은 소설가로 평생을 살아온 투르게네프가 생애의 말년에 쓴 시이다. 고국 러시아를 떠나 파리 근교에서 살던 작가가 1882년 '조국 러시아와 러시아어의 아름다움을 찬미할 목적' 으로 썼다는 바로 『산문시(散文詩)』란 책 속에 들어 있는 시이다. 이 시에서 시의 화자인 시인은 부유한 삶을 사는 상류층 인사로 등장한다. 그가 추운 겨울날 거리를 산책하고 있었는데 그의 앞에 '늙은 홈리스' 한 사람이 나타나 구걸을 청한다. 홈리스의 모습을 통해 가난에 대해 비통한 마음을 가지면서 무엇인가를 홈리스에게 주려고 주머니를 뒤져 보았지만 아무것도 손에 잡히는 것이 없어 대신 손을 잡아 주면서 미안하다고 사과했다는 내용이다. 그런데 오히려 홈리스는 그같이 자신의 손을 잡아 준 것만으로도 '적선' 을 받았다고 감사하는 말을 했다는 것이다. 시인이 돌아서면서 생각해 보니 자신이 거꾸로 그 홈리스로부터 더 많은 '적선' 을 받았다는 것을 문득 깨달았다는 것이다.

참으로 아름다운 내용이다. 참으로 아름다운 세상이요 아름다운 사람들이다. 시인이 홈리스에게 내민 손은 물건은 아니지만 그런대로 눈에 보이는 선물이겠다. 그러나 홈리스가 시인에게 준 선물은 눈에 전혀 보이지 않는 무형의 정신적인 선물이겠다. 어쩌면 앞의 선물보다 뒤의 선물이 더 값지고 오래가는 선물일 것이다. 이 시가 진정 세월의 간극(間隙)을 뛰어넘어 아름답게 사람들에게 읽히고 사람들의 마음을 울리고 적셔 주는 것은 오로지 이렇게 눈에 보이지 않는 한 홈리스의 마음의 선물 때문일 것이다.

투르게네프. 그는 러시아의 부유하지만 복잡한 지주의 가정에서 태어났다. 아버지는 방탕한 생활로 파산한 기병 장교였고 어머니는 아버지보다 6세나 연상인 추한 용모에 탐욕적인 대지주(천 명이나 되는 농노를 거느린)였다고 한다. 어려서부터 사색적인 소년이었으며 모스크바대학과 페테르부르크대학에서 문학과 철학을 공부하고 당대의 이름난 지성들과 교유하면서 평생을 지냈다. 부유하고 보수적인 집안에서 태어났지만 가난한 사람들, 특히 농노 문제에서 눈을 떼지 않았으며 진보적인 삶을 사는 사람들과도 가까웠다. 그래서 그의 소설 작품에는 그 같은 작가 의식이나 인생관이 잘 나타나 있다. 투르게네프를 생각할 때 선뜻 떠오르는 단어는 '노블레스 오블리주(noblesse oblige)' 이다. '높은 사회적 신분에 상응하는 도덕적 의무' 말이다. 참으로 지금은 너나없이 살기 힘든 세상. 조금쯤 가진 사람이나 그렇지 못한 사람이나 한결같이 빈곤감, 박탈감에 시달리는 시대이다. 몸으로 춥고 가난한 것보다 마음으로 더욱 춥고 가난한 시절이다. 내가 가난한 사람이라면 나보다 더 가난한 사람을 생각해 보는 마음의 등불이 필요하겠다. 그렇게 한다면 우리들 마음도 조금씩 밝아지고 따뜻해지지 않을까? 지금이야말로 빈자일등(貧者一燈)이 사뭇 그리워지고 아쉬워지는 한 시절이다.

랠프 월도 에머슨

인생의 성공

자주, 그리고 많이 웃는 것
현명한 사람들로부터 칭찬을 받고
젊은이들로부터 존경을 받는 것

정직한 비평가의 찬사를 듣고
친구의 배반까지도 참아내는 것
아름다움을 가려볼 줄 알며
다른 사람에게서 최선의 것을 발견하는 것

건강한 아이를 낳아 기르든
보잘것없이 작은 밭을 가꾸든
사회 환경을 개선하든
내가 태어나기 이전보다
이 세상을 조금이라도 살기 좋은 곳으로
만들어 놓고 떠나는 것

내가 한때 이곳에서 살았음으로 해서
단 한 사람의 인생이라도
행복해지는 것

그것이 바로 당신의 진정한
인생의 성공이다.

랠프 월도 에머슨(Ralph Waldo Emerson, 1803~1882)은 미국 보스턴에서 7대 목사 집안의 아들로 태어났으며 하버드대학교의 신학부를 졸업하고 그 또한 초기엔 목사가 되었으나 자유주의적인 교회관으로 기존 교회와 충돌, 교회를 떠났다. 그 후, 유럽으로 건너가 폭넓게 철학 공부를 섭렵하고 돌아와 평생을 철학자와 시인으로 살았다. 그의 철학적 경향은 칸트의 영향이 강했으며 미국 동부의 뉴햄프셔 주의 콩코드에 거주하면서 초월적 철학에 몰두, '콩코드의 철학자' 로 불렸다.

그러나 우리가 여기서 주목하는 바는 그의 종교나 철학에 관한 것이 아니라 그의 문학적 표현인 시에 관한 것이다. 그의 시는 철학자 출신답게 철학적 특성이 강한 시에 뛰어났다고 기록되고 있다. 생전에 2권의 시집을 남겼으며 동양 사상의 영향을 보여 주는 「브라마」, 「나날(日日)」 등의 작품이 좋게 평가되고 있다.

앞에 적은 시는 언제 어디서부터 알고 지냈는지 모르게 우연히 내 안에 들어온 시이다. 정식으로 형태나 비유 체계가 갖춰진 시라고 하기는 어렵겠고 어딘가 인생의 교훈이라든지, 명상이라든지 잠언 같은 그림자가 어른거리는 문장이다.

처음, 이 글을 접하고서 마음속에 무언가 조그만 충격 같은 것이 있었던 게 사실이다. 그런가! 정말로 '인생의 성공' 이란 것은 큰 것이 아니고 작은 것이고 먼 것이 아니고 가까운 것이었던가! 그런데 왜 나는 진즉 그것을 몰랐더란 말인가? 여기서 나름대로의 깨달음 내지는 성찰 같은 것이 생겼다.

아마도 교직에 있으면서 초등학교 교장으로 일한 때의 일일 것이다. 이 말을 알고 난 뒤부터는 큰 것보다는 작은 것을 챙기고 먼 것보다는 가까운 것에 관심하면서 지냈다. 교직 말년에 그런대로 후회 없는 날들을 살았다면 이 시에서 배워 온 바가 컸다고 보아야 한다. 그만큼 이 시는 나의 삶에 도움을 준 작품이다. 그래서 나는 후배들이나 젊은 교사들에게 이 시를 자주 읽어 주면서 이 시가 시사하는 바를 받아들이도록 권유하고 있다.

"자주, 그리고 많이 웃는 것/ 현명한 사람들로부터 칭찬을 받고/ 젊은 이들로부터 존경을 받는 것"이 중요하다지 않는가! 그리하여 "내가 태어나기 이전보다/ 이 세상을 조금이라도 살기 좋은 곳으로/ 만들어 놓고 떠나는 것"이야말로 진정한 '인생의 성공'이라 하지 않는가!

교직을 물러나 공주문화원 원장으로 일하면서 해마다 10월이면 거금 1,500만 원을 현금으로 가지고 와 가난한 공주 사람들에게 나누어 주는 미국 엘에이의 자선사업가 박형만 선생을 가까이에서 보고 많이 흥분하고 감명을 받은 일이 있다. 70을 훌쩍 넘긴 노사업가. 그분이 돈을 나누어 주는 자리에서 축사를 겸해서 읽어 드린 시가 바로 에머슨의 이 시이다. 정말로 박형만 선생 같은 분이야말로 에머슨이 노래한 대로 인생에서 성공한 분이 아닐까 싶어서였다.

자크 프레베르

내 사랑 그대

새[鳥]시장에 가서 나는
새를 샀다네
내 사랑 그대 위해서

꽃시장에 가서 나는
꽃을 샀다네
내 사랑 그대 위해서

고철시장에 가서 나는
사슬을 샀다네
크고도 무거운 사슬을
내 사랑 그대 위해서

그리고는 노예시장으로 갔다네
거기서 그대 찾았지만
끝내 그대는 없었다네
내 사랑 그대.

자크 프레베르(Jacques Prevert, 1900~1977)는 참 독특한 시인이다. 프랑스 파리 근교에서 태어난 그는 초등학교를 마치고는 학교 공부를 포기하고 백화점 점원으로 일했으며 군대 근무를 마친 뒤, 1930년까지는 초현실주의 작가 그룹으로 활약했으나 영화에 더 많은 관심을 갖고 동생(피에르 프레베르)과 함께 많은 영화를 만들고 또 시나리오도 썼다.

집필 습관으로는 옆에 있는 종이에 닥치는 대로 휘갈겨 쓰고는 곧 내버리는 버릇이 있어서 주위 사람들이 허둥거리며 그것을 주워 모았다는 일화가 있다. 후기에는 샹송풍의 작품을 많이 썼는데 '시대에 저항하는 통렬한 풍자와 소박한 인간애가 평이함과 친근감 속에 잘 녹아 있는 가편(佳篇)' 이란 평가를 받고 있다. 특히 「고엽」이란 작품이 유명하다.

「고엽」은 조제프 코스마(Joseph Kosma)가 작곡한 곡으로 배우 겸 가수인 이브 몽탕이 불러 세계적으로 널리 알려진 상송이다. 2차 세계대전 이후 발표한 『말』이나 『구경거리』 같은 시집은 기교와 감성이 잘 어울린 작품들로 동료 시인들의 선망의 대상이 될 정도로 성공한 작품이다. 어쨌든 그는 초현실주의로 출발한 현대 프랑스 시인들 가운데서 대중들로부터 가장 많은 사랑을 받은 시인이라 할 것이다.

앞의 시도 프레베르의 다른 시들처럼 많은 풍자를 숨기고 있다. 주제는 사랑이지만 그 사랑은 결코 평범하지 않은 사랑이다. '노예' 의 세계까지 가는 사랑이니까 말이다.

화자(나)는 "내 사랑 그대 위해" 시장에 가서 몇 가지를 산다. 처음엔 '새시장' 에 가서 '새' 를 사고 '꽃시장' 에 가서 '꽃' 을 산다. 그 다음엔 "고철시장에 가서" "크고도 무거운 사슬"을 산다. 여기서 새와 꽃과 사슬은 그냥 그대로의 물건이 아니다. 각각 사랑하는 대상을 표상하는 상징물로서의 그것들이다.

우리는 서로 사랑을 한다 그러면서 상대방을 '새' 나 '꽃' 으로 보거나 '사슬' 이 필요한 대상으로 생각하기 쉽다. 말하자면 소유 대상으로서의 사랑이고 구속 대상으로서의 사랑이다. 이것은 진정한 사랑이 아니다. 그런 걸 알면서도 자칫 우리는 그런 어리석음에 빠지곤 한다. 그 다음은 더욱 큰 문제다.

사랑을 핑계로 사람을 부리는 단계까지 가려고 한다. 이를 시인은 "노예시장으로" 가서 노예를 사고자 하는 사람으로 표현하고 있다. 표면적으로는 사랑이지만 이러한 사랑은 '노예 계약' 으로서의 사랑일 뿐이다. 매우 반성되고 켕기는 마음이기도 하다. 그러나 정작 '노예시장' 에 가서 '그대' 를 찾았지만 "끝내 그대는 없었다"고 시인은 밝히고 있다.

그러면 그렇겠지. 사랑을 빙자하여 노예를 요구할 때, 그때까지 사랑하는 사람이 기다리고 있을 까닭은 없는 일이다. 있다 하더라도 그는 이미 사랑하는 사람이 아니고 '노예' 일 테니까 두말할 필요가 없는 노릇이다. 이 시는 우리들 사랑의 본질과 속악성과 허위를 적나라하게 파헤쳐 줌으로 심각한 성찰을 촉구하는 작품이다.

함석헌

그 사람을 가졌는가

만 리 길 나서는 길
처자를 내맡기며
맘 놓고 갈 만한 사람
그 사람을 그대는 가졌는가.

온 세상 다 나를 버려
마음이 외로울 때에도
'저 마음이야' 하고 믿어지는
그 사람을 그대는 가졌는가.

탔던 배 꺼지는 시간
구명대 서로 사양하며
'너만은 제발 살아다오' 할
그 사람을 그대는 가졌는가.

불의의 사형장에서
'다 죽여도 너희 세상 빛 위해
저만은 살려 두거라' 일러 줄
그 사람을 그대는 가졌는가.

잊지 못할 이 세상을 놓고 떠나려 할 때
'저 하나 있으니' 하며
빙긋이 웃고 눈을 감을
그 사람을 그대는 가졌는가.

온 세상의 찬성보다도
'아니' 하고 가만히 머리 흔들 그 한 얼굴 생각에
알뜰한 유혹을 물리치게 되는
그 사람을 그대는 가졌는가.

시의 지은이는 함석헌(咸錫憲, 1901~1989) 선생이다. 함석헌 선생은 한 시대를 풍미한 우리나라의 사상가요 민권운동가 겸 문필가였으며 평생을 일관된 사상과 신념으로 항일 · 반독재 운동에 선봉 역할을 자임했던 분이다. 일반인들에게는 『사상계』의 대표 집필자요 『씨알의 소리』 발행인이거나 『뜻으로 본 한국역사』, 『인간혁명』과 같은 책의 저자로 더 알려진 분이다. 그러나 이분은 또한 탁월한 시인이기도 해서 『수평선 너머』란 창작 시집이 있고 칼릴 지브란의 시집 『예언자』를 한국에서 최초로 번역한 분이기도 하다.

앞의 시는 시집 『수평선 너머』에 수록된 시인데 보통의 시가 아니다. 비장감이 드는 시이다. 처음부터 우리더러 들이대듯이 묻고 있다. 그대는 가졌는가? 그대는 가졌는가? 한 가지 항목이 아니다. 첫째 연에 나오는 내용만 해도 그렇다. "만 리 길 나서는 길/ 처자를 내맡기며/ 맘 놓고 갈 만한 사람/ 그 사람을 그대는 가졌는가." 도대체 그런 사람이 어디 있단 말인가? 불가능한 물음이다. 이런 사람 하나 갖기에도 어려운 것이 우리들 모두의 처지다. 사정이 그러한데 그 다음의 주문은 더욱 난감한 노릇이다. 아예 두 손 들고 항복하는 수밖에 없는 노릇이겠다.

평생을 올곧고 바르게 부끄럼 없이 살아온 선생도 한동안은 세상의 일과 오해에 얽혀 곤란한 처지에 빠진 시절이 있었다 한다. 그때 선생은 스스로 집안에 관을 하나 들여놓고 그 속에 들어가 자신이 죽은 사람이거니 생각하고 심각하게 자성의 시간을 가진 적이 있다고 한다. 어쩌면 그때 이런 시를 생각했겠지 싶다. 어쨌든 다시금 보통의 시가 아니다. 바늘로 가슴을 찌르듯 충격을 주는 시이다. 서울에는 이 시를 새긴 선생의 시비가 세워진 곳이 있다. 종로구 명륜동 4가 1번지. 지하철 혜화역 1번 출구로 나와 흥사단 건물 앞 어디쯤일 것이다.

폴 엘뤼아르

청명한 대기

나는 내 앞을 보았네
사람들 속에서 나 너를 보았고
밀밭 길에서 나 너를 보았고
나무 아래서 나 너를 보았네

내 모든 방황의 마지막에서
내 모든 고통의 밑바닥에서
물 속에서 불 속에서
떠오르다 잠잠해지는 내 모든 웃음 속에서

여름과 겨울에 나 너를 보았고
내 집에서 나 너를 보았고
내 품안에서 나 너를 보았고
내 꿈속에서 나 너를 보았네

나 이제는 네 곁을 떠나지 않겠네

요즘은 참 맑은 날을 대하기 힘든 세상이다. 하늘도 맑고 산도 맑고 강물도 맑은 날. 세계의 끝자락까지 보일 것 같고 그래서 마음이 거기까지 뛰어가 서성일 것 같고 누군지 내가 모를 정말로 그립고 아리따운 사람이 보일 것 같은 날. 그 사람의 마음이라도 알른알른 들여다보일 것 같은 날.

그런 맑은 날에 대해서 시인은 쓰고 있다. 그것도 사랑하는 사람과의 만남의 과정을 매우 극명(克明)하게 보여 주고 있다. 처음엔 모든 객관의 외부 환경 속에서 보았고, 그 다음엔 주관의 심경 속에서 그대를 만나고 있다. 드디어 시인은 자신의 일상 모든 단계 속에서 그대를 만나고 있다. 이제 그대와 나는 둘이 아니고 하나인 단계에 이르고 있다.

그리하여 시인은 고백한다. "나 이제는 네 곁을 떠나지 않겠네." 사람의 사랑이 여기까지 오기는 힘든 일이다. 어떻게 사랑이 이렇게 하나가 될 수 있을까? 완전에 이를 수 있을까? 놀라운 일이다. 그래서 청명한 대기는 더욱 청명해지고 세상은 더욱 맑고 아름다워지는 걸까?

폴 엘뤼아르(Paul Eluard, 1895~1952)는 프랑스 파리 근교의 가난한 집안에서 태어나 젊었을 때 폐병으로 학업을 중단, 스위스에서 요양 생활을 한 일이 있으며 앙드레 브르통, 루이 아라공 등과 함께 다다이즘 운동에 가담, 초현실주의의 대표적 시인의 한 사람으로 활약했다.

시의 주제는 사랑과 자유, 그리고 평화. 맑고 투명하면서도 서민적인 언어로 시를 썼다. 제2차 세계대전 중 적극적으로 저항 운동에 참여, 1942년엔 공산당에 가입하기도 했지만 그의 시는 좌우익을 막론하고 프랑스인들한테 사랑받는 시가 되었다.

'시인은 영감을 받는 자가 아니라 영감을 주는 자' 라는 신념을 가졌던 그는 후대 시인들에게 매우 큰 영향을 준 시인이 되었다. 「자유」란 시가 특히 유명하고 시집으로 『의무와 불안』, 『시와 진실』, 『독일군 주둔지』, 『교훈』, 『불사조』 등이 있으며 다음과 같은 짧은 시구는 많은 사람들에게 특별한 감명을 주고 있다.

아직은 그 머리를 내 손에 잡아본 일이 없다.

— 폴 엘뤼아르, 「기다림」

나는 소망한다,
내게 금지된 것을.

— 폴 엘뤼아르, 「커브」

폴 포르

론도

세계의 모든 소녀들이 서로 손을 잡으면
바다의 둘레에 론도가 되겠지

세계의 모든 소년들이 사공이 되면
바다를 건너는 고운 다리를 놓겠지

이와 같이, 이 세계의 모든 사람들이
손과 손을 서로 잡으면

세계의 변두리를 한 바퀴 도는
론도를 즐겁게 출 수 있겠지.

매우 즐거운 상상이 담긴 작품이다. '론도'란 본래 음악의 형식인데 여기서는 손을 잡고 둥글게 원을 그리며 추는 춤(원무, 윤무)을 가리킨다.

시인은 꿈꾼다. "세계의 모든 소녀들이 서로 손을 잡으면/ 바다의 둘레에 론도가" 될 것이라고. 이 얼마나 기막힌 발상인가! 시인의 상상은 거기서 멈추지 않고 발전한다. "세계의 모든 소년들이 사공이 되면/ 바다를 건너는 고운 다리를 놓"을 수 있을 것이라고.

그야말로 대동(大同), 크게 함께함이다. 일체를 추구하면서도 평화를 깨치는 않는 아름다움이요 어울림이다.

나아간 김에 시인은 보다 더 큰 소망을 말한다. 이처럼, 세계의 모든 소녀와 소년들이 손을 잡고 춤을 추고 사공이 되어 다리를 놓은 것처럼 어른들도 "손과 손을 서로 잡으면// 세계의 변두리를 한 바퀴 도는/ 론도를 즐겁게 출 수 있"을 것이라고.

꿈은 꼭 이루어져야만 하는 건 아니다. 꿈은 꿈 그 자체만으로도 충분히 아름답고 유용한 것이다. 각박한 삶을 사는 우리에게 잠시라도 꿈꿀 수 있는 자유와 여유마저 없을 때 어떻게 살아갈 수 있을까? 꿈이야말로 마음의 피난처이고 안식처이다. 꿈을 통해 우리는 더욱 원대한 삶을 계획하고 눈에 보이지 않는 세계를 상상하고 그리워한다.

세계의 모든 소녀들이 손을 잡고 춤을 추고 세계의 모든 소년들이 사공이 되어 그들의 배를 연결하여 거대한 다리를 만드는 꿈은 비록 실현 불가능한 꿈이라 해도 오늘날에 있어서도 여전히 유효한 꿈이다.

폴 포르(Paul Fort, 1872~1960)는 프랑스의 시인이면서 극작가. 시왕

(詩王)으로까지 추대된 사람이다. 일찍부터 예술극장을 창립 · 운영했고 문예지를 주재했으며, 그의 시구는 평이한 산문체로서 많은 사람들에게 애송되었는데 주요 저서로는 『프랑스 발라드』 54권이 있다.

김황원

부벽루에서

긴 성벽을 끼고 넘칠 듯
강물은 흐르고
아득한 들판 동쪽 끝머리
산들은 점 점 점 찍혀 있네.

한시는 정확한 형식에 의한 글이다. 절구일 경우, 네 줄로 되어 있고 거기에 운(韻)이라는 것까지 있다. 형식이란 지켜야 하는 것이고 하나의 약속이고 제약이다. 그런데 이러한 형식을 지키지 않아서 더 유명해진 시가 있다. 고려 시대 김황원(金黃元, 1045~1117)이란 이가 평양의 부벽루(浮碧樓)에 올라서 지었다는, 아니 짓다가 말았다는 미완성 시가 바로 그 시이다.

김황원이라는 이는 고려 시대 문신이며 시인인 사림이다. 일찍 문과에 급제하여 고시(古詩)에 탁월한 재주를 보여 이름을 날린 사람이다. 일찍이 요(遼)나라 사신을 맞아 시(詩)로써 환영하니 요나라 사신이 크게 감동받았다는 일화가 있고, 예종 임금 때 북부 지방에 대기근이 들어 백성들이 굶어 죽는 참상을 목격하고는 왕에게 상주하여 주군의 창고를 열게 하고 백성들을 구했다는 일화가 있다.

그러나 이보다 더 중요한 일화는 평양성 대동강 가에 있는 부벽루란 정자에 올라 바라보는 풍경을 보고 감탄하여 시 한 편을 지으려다가 미완성에 그치고 만 사건이다. 이 이야기는 내가 초등학교 다니던 시절 국어책에도 실려 있던 이야기로 우리 또래의 사람들이 대부분 기억하는 내용이기도 하다.

어느 날 김황원은 자기 글재주만 믿고 부벽루에 올라 부벽루 벽에 현판으로 붙어 있는 제영(題詠)들을 모두 떼어 버린다. 제영이란 제목을 받아서 지은 글을 말하는데 부벽루에는 그동안 오고 간 역대 문인들의 글이 빼곡히 걸려 있었던 것이다. 속으로 거기 걸린 글들이 하찮게 보였을 것이다. 그리고는 그 모든 글을 덮어 버릴 정도의 글을 쓰고 싶었을 것이다.

아니 그럴 자신이 있었을 것이다.

부리는 하인을 시켜 제영을 떼어 내렸겠지. 또 지필묵을 가져오게 하고 먹을 갈게 했겠지. 그리고서는 일필휘지로 멋들어진 글을 갈겨쓰고 싶었겠지. 물론 주변에 많은 사람들이 이를 지켜보고 있었으리라. 그런데 이게 웬일? 시를 잘 써 '해동제일' 이라던 그가 딱 두 줄을 쓰고 더는 쓰지 못했으니……. 적어도 두 줄은 더 썼어야 되는 일이었다. 그래야 최소한의 시 칠언절구를 이루는 것이었다.

그런데 한번 막힌 글의 문은 더 이상 열리지 않고 만 것이다. 그것도 해가 지고 날이 저물 때까지. 여기에 시인의 절망이 있다. 애당초 오만방자했던 것이다. 좀 더 겸허했어야 했고 좀 더 부드러웠어야 했다. 그런데 너무 딱딱하고 거들먹댔던 것이다. 오만하고 딱딱한 마음을 지닌 사람에게 시는 즐겨 찾아오지 않는 법이다.

끝내 김황원은 울면서 부벽루를 내렸다고 한다. 어둠 속으로 사라지는 깡마르고 강퍅한 시인의 뒷모습, 그 어깨가 보이는 듯하다. 그런 뒤로도 시인은 또다시 시를 쓸 수 있었을까? 모르면 몰라도 더는 시를 쓰지 못했을 것이다. 이 대목에서 끝까지 시인만을 나무라고 흉볼 수는 없는 일이다. 자연 경관이 너무나 빼어나고 아름다워 그 기에 눌려 더 이상 시를 쓰지 못했을 수도 있다. 이런 면에서 시인은 또 자연의 기운과 잘 어울리고 호흡을 맞추어야 할 필요도 있다 하겠다.

유홍준 교수의 『북녘 땅 북녘 사람들 1』이란 책에 보면 이 글은 "긴 성벽 한쪽 면에는 늠실늠실 강물이 흐르고/ 큰 들판 동쪽 머리에는 띄엄띄엄 산일세"라고 북한 사람들에 의해 번역되어 부벽루가 아닌 연광정(練光

亭)의 벽에 시의 원문과 함께 붙어 있노라 전한다.

하지만 이 시는 미완성의 시이기에 더욱 유명해지고 시인의 일화와 함께 사람들 입에 오래도록 오르내리는 시가 되었다. 완성보다는 이렇게 미완성일 때 더욱 매력적인 일도 있다. 슈베르트의 제8번 교향곡이 '미완성 교향곡' 이어서 아쉬움과 함께 더욱 사랑을 받는 것처럼 말이다. 미완성은 미완성인 채로 완성이다. 우리네 인생에 있어서도 완성이란 것은 있을 수 없다. 어떤 일도 진행 중에 미완성인 채로 끝나는 것들이다. 시 앞에서 자신만만했다가 오히려 무릎을 꿇고 만 시인의 기고만장이여. 깜깜하고 쓰디쓴 오디 빛 시인의 절망이여. 오히려 밤하늘의 별빛처럼 반짝인다고나 할까. 원시는 다음과 같다.

장성일면용용수(長城一面溶溶水)/ 대야동두점점산(大野東頭點點山)

— 김황원(金黃元), 「부벽루 시(浮碧樓詩)」

시를 찾아 떠나다

초판 1쇄 발행 | 2012년 5월 23일

지은이 | 나태주
펴낸이 | 김선기
펴낸곳 | (주)푸른길
출판등록 | 1996년 4월 12일 제16-1292호
주소 | 137-060 서울시 서초구 방배동 1001-9 우진빌딩 3층
전화 | 02-523-2907 팩스 02-523-2951
이메일 | pur456@kornet.net
블로그 | blog.naver.com/purungilbook
홈페이지 | www.purungil.co.kr

ISBN 978-89-6291-197-8 03800

이 도서의 국립중앙도서관 출판시도서목록(CIP)은 e-CIP홈페이지(http://www.nl.go.kr/ecip)와 국가자료공동목록시스템(http://www.nl.go.kr/kolisnet)에서 이용하실 수 있습니다.(CIP제어번호: 2012002242)